彼岸风景

SCENERY ON THE OTHER SIDE

俞敏洪 著

CNS 湖南文艺出版社 HUNAN LITERATURE AND ART PUBLISHING HOUSE 博集天卷 CS-BOOKY

图书在版编目（CIP）数据

彼岸风景 / 俞敏洪著 . —长沙：湖南文艺出版社，2019.12（2022.2 重印）

ISBN 978-7-5404-9362-2

Ⅰ. ①彼… Ⅱ. ①俞… Ⅲ. ①游记—作品集—中国—当代 Ⅳ. ①I267.4

中国版本图书馆 CIP 数据核字（2019）第 160515 号

上架建议：成功 · 励志

BI'AN FENGJING
彼岸风景

作　　者：俞敏洪
出 版 人：曾赛丰
责任编辑：薛　健　刘诗哲
总 策 划：金　利
监　　制：于向勇　秦　青
版权支持：辛　艳
特约策划：何　静　简　耽
营销编辑：刘晓晨　刘　迪　初　晨　王　凤
封面设计：末末美书
版式设计：李　洁
出　　版：湖南文艺出版社
（长沙市雨花区东二环一段 508 号　邮编：410014）
网　　址：www.hnwy.net
印　　刷：三河市中晟雅豪印务有限公司
经　　销：新华书店
开　　本：875mm × 1270mm　1/32
字　　数：162 千字
印　　张：10.5
版　　次：2019 年 12 月第 1 版
印　　次：2022 年 2 月第 2 次印刷
书　　号：ISBN 978-7-5404-9362-2
定　　价：58.00 元

若有质量问题，请致电质量监督电话：010-59096394
团购电话：010-59320018

自序

因为家在长江边上，我从小就喜欢大自然。小时候，我常常会坐在长江边，看着太阳从长江的东头升起来，再从长江的西头落下去。那时会想，长江的东头，上海到底是什么样的？长江的西边，重庆又是什么样的？长江流到海里去，那又是一种怎样的壮观？

长大之后，我知道了中国古代最伟大的旅行家和地理、地质学家徐霞客，就出生在我的家乡江阴。我读了《徐霞客游记》，尽管看得似懂非懂，但是发现了中国竟如此之大，可以去玩的地方如此之多。明代的徐霞客在没有公路、汽车和火车的时代，居然玩遍了大半个中国。于是我心中就萌生了一个想法：我长大以后，也一定要走遍中国。

到我八九岁的时候，我有一次坐着长江上的轮船，跟随母亲去上海。到了吴淞口，我突然发现水域一望无际，而我们的轮船在广阔的水面上，好似一叶扁舟，世界如此之大。上海繁华的灯光，还有黄浦江两岸迷人的景色，让我顿时觉得，如果能生活在上海，那有多好。

眼界开阔了的我，就此有了决心：一定要离开农村，到更大的天地去生活。后来阴差阳错，我考上了北大，也就此和上海擦身而过，生活在了北京，一晃就是40年。

在北大读大二那年，一场肺结核让我在医院一住就是一年，我在病床上读了很多人物传记和旅行笔记，心中旅行的种子便继续发芽，当我病好出院后，考虑到既然暂时还不用回学校上课，那就干脆到全国各地去走走。我揣着怀里的100块钱，就这样从北京出发，用了一个月的时间，差不多游遍了小半个中国。

从北京到泰山，从泰山到南京，而后黄山、九华山……这些书中方见的名山大川，历历近在眼前。出发时的那100块钱，到九华山时就已经用完了，但是年轻的我觉得这样的旅行应该继续下去，所以就住在当地的农民家里帮着插秧，以此换得了10块钱的路费。后来我到了庐山，住在一个私营的小宾馆里，帮老板打扫卫生。在那里，我碰上了一个来自江苏的“个体户”，因为我的家乡也在江苏，所以晚上就和他一起喝啤酒、聊天，给他讲了我的故事。他被感动了，给了我100块钱，让我得以把这旅程继续下去，最后我从庐山折返上海，再从上海回到了北京。

等我创办了“新东方”以后，梦想走遍中国的情结时刻催我出发，我买了一辆小小的“大发”牌汽车，开着它上五台山，上恒山，然后掉头南下，一直向南，畅游了三峡。读书和旅游在我的心目中和生活中，一直占据着非常重要的地位。

而当新东方稍微有点发展的时候，我做了两件事。一是带着所有的新东方人到草原上骑马。骑在马背上驰骋的那种潇洒和豪气，有一种征服世界的感觉。二是带着新东方人好几次穿越内蒙古草原，在草原上感受大地的辽阔。

后来我的孩子出生了，中国也有了“两个发展”，使我们可以走向全球。第一，中国的经济飞速发展，很多家庭的经济实力开始变得好起来，可以负担起出境游的费用；第二，中国更强大了，办理签证也变得更容易起来，我们到其他国家，受的限制少了很多。这两个发展同时也影响了我，我的旅行目的地也从国内开始走向了全球。行走，让我在不断见识这个世界的同时，也认识了更真实的自我。

女儿长大以后，我的儿子也出生了，我又觉得光是游山玩水是不够的。每到一个地方以后，最好要考察这里的风土民情和历史文明，并且最好能把它们都记录下来。所以我暗下决心，每年要带孩子们到2～3个国家去旅行，并且要能给他们讲解当地的情况。为此，我不得不在每次旅行之前，提前一个月就对目的地的自然和文化背景进行研究，这样我才可以带着孩子到世界各地去看、去体会，给他们讲述每个地方的故事。一方面，我希望自己能为孩子们做榜样，让他们知道一路学习、一路旅行的过程会使生命更加丰富和充实，而另一方面，在这个过程中我自己也有所收获。我帮助孩子们探索世界的精彩，最终他们也会独自上路，看到属于他们的不一样的世界。

在孩子们面前，我讲得头头是道，其实在背后，我已经提前花了很多功夫去研究和了解。讲完以后，我会把这些内容加上自己一路上的所见所思一起记录下来，形成文章。这些文章最初只是为了记录，是我对时光的记录。后来，我把它们陆续发表在我的微信公众号“老俞闲话”上和我的微博上，意外的是，很多人看了以后都觉得不错，还有读者希望我能把这些所谓的游记结集出版，这便是这本书的缘起。

这本《彼岸风景》的出版其实纯属偶然。回头看看，我已经走过了这么多的路，这些我随心随意记录下来的东西，如果别人读了也还有点用处，或者至少能够变成茶余饭后的消遣，那么我已经非常满足。希望大家读到这本书的时候，不要嫌弃我的文笔太差，或者是思想太浅，因为在这本书里，我并没有刻意地去润色文字或者丰富思想，只是把自己的所见、所感、所悟记录下来而已。对我来说，这本书代表的，是旅途中的花火，是我记录和观察的人生。

我喜欢看不同的风景，不同的文化，不同的人，不同的街道，不同的房子，不同的河流和不同的灯光……如果余生只允许我做两件事情的话，对我来说特别好选择：一是读书，二是旅行。而如果只允许我做一件事情的话，我会选择旅行。旅行是一种更好的阅读方式，可以让人变得更加胸怀世界，更加充满智慧。

人过一辈子，最大的意义其实不在于拥有很多钱，也不在于拥有很高的社会地位，而在于内心要拥有丰富的情感世界和精神世界，以及拥有一份对世界的包容之心。所有这些东西，都是可以从读书和旅行中得来的。

旅行，重塑了我对人生、对生活乃至对这个世界的看法；旅行，让长江边那个曾经梦想着去远方的少年，眼界变得更加辽阔。所以读到这本书的每一个你，不要顾虑太多，出去走走吧，且思且行，那是人生最美好的时光！

目 录

Contents

01

在行走的路上触摸世界

02

在四季的风中拥抱自然

03

在旅途的尽头遇见历史

04

在镜子的对面思索人生

01

在行走的路上触摸世界

彼岸风景

城市夜晚，想念星光满天

由于和中国的时差，中国的工作时间，已经是温哥华的晚上，所以我在温哥华的时候，每天晚上要到凌晨3点才睡觉，这个时候，是中国时间下午6点，刚好是大家下班的时候。我工作的习惯一般是写邮件，紧急的事情就发短信，实在不行了才打电话。晚上夜深人静没有干扰，工作效率就会提高很多。如果没有手头工作要做，就努力理清自己的思路，为未来的工作做一些布局，也常常想想自己生活中的纷乱、迷茫和无奈，希望能够从忙乱中清理出一些头绪来。

到了晚上，孩子、老婆睡着后，我最喜欢在伏案之余到院子里去散步，散步的时候会把家里的灯全部关上，这样院子里就会一片漆黑。眼睛在电脑屏幕的刺激下还没有适应过来，跨出门什么也看不见。我就摸索着在院子里散步，空气中充满了草和树的味道，还有暗香流动，那一定是周围各种鲜花散发出来的味道，院子里种了不少花草和花树，有玉兰花、茶花、月季等，还有花朵特别大像琼花一样的花。院子外的道路两边都是樱花树，盛开的季节已经过去，花瓣落了满地，但花香犹存。

眼睛逐渐适应了黑暗，慢慢就能够看到一些东西，草和树在微风中轻轻摇曳，白天碧绿的树在夜色中变成墨绿近黑。在院子里，我做的最多的事情就是仰头看天空的星星，刚开始看的时候，星星没有几颗，但当眼睛习惯了黑暗之后，星星就一颗一颗跳出来了。夜晚的天空像被水洗过一样干净明澈，星星就像是镶嵌在黑色天鹅绒上的宝石，闪烁着迷人的光芒。我没有学过星座，所以几乎完全不知道那些星星各自都叫什么名字，唯一能够说出来的是北斗七星，还有七星指着的北极星，还有三颗星星连成一排的，应该是猎户座吧？但天空的星星，并不需要知道名称才能够欣赏。抬眼看着闪烁的星星，心里就充满了对于宇宙的敬畏之情了。可惜的是温哥华的夜空，依然被城市的灯光污染，能看到的星星也只是稀稀疏疏的几颗。想到小时候没有灯光也没有月亮的夜晚，真是繁星满天，银河横贯，流星飞舞，老人们指着天空讲述牛郎织女的古老故事，同时告诉我们不要数天上的星星，因为数不清，头上还会生瘌痢。现在知道数星星并不会得瘌痢，但在城市的上空，星星总是稀稀拉拉，似乎能够被数清楚了。现在城市的孩子，已经完全不知道繁星满天的景象了，城市人为的灯光，在黑夜给了人们光明，实际上掩盖了大自然最美丽的夜空。有一年我带着城市的孩子们到草原上去，晚上住在帐篷里，密密麻麻的星星让孩子们惊讶得大喊大叫，然后又寂然无声地看着天空发呆，睡觉时终于有学生轻轻说："我一直以为夜空里什么也没有，没有想到是这样的美丽。"有一年高考出了作文题"仰望星空"，有个学生认真地在作文题下面写了几个字：老师，请问星空在哪里？城市的上空没有星星。

人类在物质生活不断丰富的同时，心灵和精神生活日趋贫乏，得到越多越不满足、内心越苍白，这已经成为现代人的一种常态。这种状态基本消灭了人们获得幸福与和谐的能力。其实，如果有一天让一个城市停电两个晚上，让城市的人们能够不得不放弃眼睛紧盯着的电视、电脑和其他电器，让他们抬头看一眼没有灯光污染的天空，他们就会发现，天空中隐藏着那么多人类幸福的秘密。

每天晚上，我都要到院子里，好几次出来都只是为了让眼睛离开电脑和灯光，静静地抬头看天空中闪烁的星星。

五月的温哥华阳光灿烂

在温哥华的10天，居然一天都没有下雨，除了一两天有薄云之外，几乎每天都是万里无云、阳光灿烂的天气。这在温哥华简直太难得了，因为在温哥华，下雨的日子平均一年有200多天。

5月的温哥华依然是春天，阳光和煦温暖，沐浴在阳光中是温馨柔美的感觉。每天早上睁眼，看到阳光在窗户外面闪烁，心里就会格外开朗明净。每天午饭过后，我就会拿一个垫子，铺在后院的草坪上，然后躺在垫子上晒太阳，看天上难得一两片白云飘过，或者闭上眼睛享受阳光的拥抱，让七彩的阳光在眼前舞蹈，仿佛阳光的美丽融入了瞳孔。有的时候晒着太阳就睡着了，微风轻拂着身体，把人带入浅浅的梦境，在阳光下做梦，生活多了一点慵懒闲情，也让心境生出许多美好。有时，我俯身趴在垫子上，或盘腿坐在垫子上，拿起一本书，有一搭没一搭地翻上两页，在皮肤吸收阳光和养分的时候，头脑也吸收着知识和智慧。

温哥华的5月，太阳落山就已经很晚了，到晚上8点多钟，落日的余晖才最终淡去。即使到晚上7点多钟吃完晚饭，也依然能够从容地在夕阳中散步。傍晚的阳光充满了金黄的色彩，照在树上，树也呈现出一片金色的灿烂。到离家不远的大草坪去散步，视野一下子就开阔起来，能够看到北边连绵的山脉。那些山头上依然留着冬天的残雪，高一点的山头依然被白雪覆盖，在夕阳的照耀下，山头都变成了金白色，闪着迷人的光芒。最远处是美国境内的贝克雪山（Mount Baker），常年积雪，常在云雾之中，一旦露出真容，就能让人无比心醉。有一年我上去看过，发现冰川触手可及，美丽非凡，真是人间仙境。我会在大草坪上，一直看着夕阳一点点消失在暮霭中，然后才依依不舍地走回家里。

5月10号是星期五，儿子学校放假。依然是阳光灿烂的一天。中午我开车带着儿子去格兰维尔岛（Granville Island）玩。格兰维尔岛严格来说不是一个岛，它坐落在温哥华的福溪湾（False Creek）中，一边和陆地相连。福溪湾是一个没有通道的海湾，只有一头连着英吉利湾（English Bay），两岸都是高档的住宅楼，湾里面停满了各种游艇和大小船只。到了晚上，两岸灯光闪烁，倒映水中，波光粼粼，像梦幻一般美丽，很多人都会特意到岸边来散步，流连忘返。到了岛上，发现今天来的人很多，几乎连停车位都找不到。下车后我牵着儿子的手，一路沿着停靠着游艇的岸边散步，看帆樯在阳光中林立，海鸥在帆樯上空盘旋，远处海水闪着蓝色的光芒。我和儿子走过岸边的礼品店、修船厂、船具出租店，来到了坐落在码头边上的“桥餐厅”（Bridge Restaurant），很多人都坐在岸边的平台上吃饭。本来我也想在这里买点东西和儿子一起吃，但怕等待的时间太长，就去了对面的自由市场。这里的自由市场和中国的大同小异，卖菜的、卖肉的、卖点心的、卖小吃的都有。我和儿子买了一个德国香肠热狗、一片奶酪比萨饼，还买了两瓶饮料，然后拿着东西再回到海边，坐在木头椅子上边吃边看远处游艇、帆船来往，海鸥上下飞舞。不远处有流浪歌手支起了音箱，唱着自编的歌曲，先是男的唱，然后又换成了女的唱，歌声悠扬，但听不出来歌词。我们被阳光和歌声所包围，阳光和歌声撞到我们的身上，又荡漾开去，我们的心也跟着一起荡漾。歌毕，我让儿子去给歌手一些小费，儿子还有些羞涩，我就牵着他的手一起到歌手面前表示感谢，然后在歌手面前的一个小红帽里放下小费，再牵着他的手离开。

在回去的路上，儿子看到另外一个流浪歌手正在支摊子，就要过去给小费，我说他还没有开始唱，你现在就去给小费是对他的一种侮辱。他问为什么，我说，他唱歌了你给他小费，是对他歌声的赞赏，如果他不唱你就给，就是把他当作叫花子看，那不就是对他的侮辱吗？儿子似乎明白了，说那我们就等他支完摊子，再给他钱吧。我们就在一旁等着，等歌手唱完了一首歌，我们上去给完小费，然后欢快地离开。

在温哥华，阳光灿烂的日子，也带给我很多阳光灿烂的心情。

初识肯尼亚

肯尼亚人由很多民族组成，主要民族有基库尤族（Kikuyu）、卢希亚族（Luhya）、卡伦金族（Kalenjin）等，没有一个民族占绝对多数。他们互相之间好像能够分清楚不同民族的区别，但像我们这样的外国人，基本认为黑人都是一个民族，即使告诉了我们区分方法，我们也区别不开。这很像是西方人看东方人，怎么看都是一样的，我们能够分清楚汉族、蒙古族、藏族，他们就是分不清。在肯尼亚，这些民族之间相处得还可以，不像有些周边国家打得一塌糊涂。主要原因是这里的宗教信仰比较宽松，有基督教、天主教、伊斯兰教，都没有走极端。

肯尼亚人对中国游客比较友好，到任何景点和宾馆，服务员和兜售特产的小贩都能够讲几句汉语，有的宾馆和景点的指示牌上同时有英语和汉语，尽管大部分的汉语不正确，一看就是用谷歌翻译过来的，但依然表明有越来越多的中国人来到这里旅游了。中国人到这里来旅游，依然有成群结队、大声喧哗、乱扔东西的行为，却没有引起肯尼亚人的反感，我想主要的原因是两个国家的人们生活习惯都差不多。肯尼亚人也喜欢聚在一起聊天，说话也很大声，马路边上也到处都是乱扔的脏东西，所以他们感觉不到中国人的行为有什么出格的，不像西方人，说话声音大一点就会被旁边的人侧目而视。说到底，肯尼亚是人类的发源地之一，因此，中国人或多或少和他们有点远亲关系呢，尽管这是几百万年前的远亲了。

肯尼亚原来不叫肯尼亚，叫英属东非（British East Africa），后来1963年独立了，才改成肯尼亚。在此之前，肯尼亚一直是英国的殖民地。但在1890年之前，这块土地一直是被葡萄牙占领的。现在肯尼亚的著名海滨城市蒙巴萨（Mombasa），就是在16世纪葡萄牙建立的要塞基础上发展起来的。因为一直是英国殖民地，并且现在还是英联邦成员国，所以这个国家的主要语言一直是英语，马路边上的标识都是英语标识，哪怕走到遥远的乡村地带也是，没有看到第二种语言标识。但肯尼亚现在的官方语言同时有英语和斯瓦希里语，据说学校里也是同时教这两种语言，这一点我没有去考证。

说到学校，尽管这个国家比较穷，但还是非常重视教育的，据说财政收入的20%以上都用于教育了，这个比例比中国的要高。一路走过去，总是能够看到各种学校的指示牌，跟着指示牌走会看到很多不同的学校，有的校园比较漂亮，但大部分校舍都比较简陋，有的学校只有几个铁皮房子，好像也没有任何体育设施。这里的孩子们上学也要穿校服，校服分为各种不同的颜色。这里的孩子们不分男女都留着短短的卷发（据说也长不长，凡是有长头发的孩子，他们的头发其实都是假头发），因此我们外国人基本看不出谁是男孩、谁是女孩，只能根据他们的校服区分，因为女孩都穿裙子，男孩都穿裤子。肯尼亚的学制是8-4-4，就是小学8年、中学4年、大学4年，和中国的6-3-3-4，总年数是一样的。老百姓对教育的态度我不太清楚，但他们都送孩子上学，主要是为了让孩子们在一起玩，大部分孩子长大后一定还是放牛、放羊的生活。肯尼亚现在总共就4所大学，容不下那么多孩子同时上大学。

这个国家天高云淡，平原、高原和山区交替，非洲第二高峰肯尼亚峰就在境内，自然条件还是不错的，森林与草地共存，湖泊和河道遍布，曾经是动物的天堂。但由于人口的发展，现在大部分土地都被人类居住和垦殖，野生动物活动的范围越来越小。此外，这里偷猎动物的现象也很猖獗，所以现在野生动物基本只能被圈在几个互相隔绝的国家公园内，比如阿伯德尔国家公园（Aberdare National Park）和马萨伊马拉国家公园（Masai Mara Park）。动物们想必很郁闷，本来辽阔的非洲大地是自己恣意行走的家乡，现在却被圈在自然保护地里。这些自然保护地，和它们能够走向遥远之地的脚步相比，实在像是一个放大了的动物监狱。

魅力马拉喀什

马拉喀什位于摩洛哥南部，离卡萨布兰卡（Casablanca）200多千米，开车3个小时左右。马拉喀什是摩洛哥四大皇城之一，所谓四大皇城，就是摩洛哥历史上做过都城的4个城市，分别是马拉喀什（Marrakech）、非斯（Fez）、梅克内斯（Meknes）和拉巴特（Rabat）。马拉喀什自1062年开始建城并成为皇城，作为政治、宗教、文化中心，一直延续了好几百年，所以摩洛哥在过去又被称为马拉喀什王国，可见城市的影响力之大。到摩洛哥来，马拉喀什是必去之地。

从卡萨布兰卡到马拉喀什的道路比较好走，出了城基本都是高速公路了。刚来两天，整体感觉摩洛哥的道路状况还不错，可能因为是个旅游大国，摩洛哥在道路修建和维护上还比较认真。这条路每过一段就会有休息区，小巧、干净、漂亮，从咖啡店到卫生间一应俱全。（和去过的肯尼亚相比，可以说是天上地下的不同。肯尼亚也是一个旅游国家，但道路几乎没有一条是平整的，厕所也非常难找。）一路上地貌变化丰富，从城市郊区平整的土地，逐渐过渡到了有沙漠特征的起伏丘陵，再逐渐转化成了山脚下的大片绿洲。马拉喀什在非洲第三大高山阿特拉斯山（Atlas）的北坡，终年山上雨水流下来，浸润着北坡的大量土地，水分充足，到处都是绿色的橄榄树、椰枣树和其他各种不知名的植物，杂草野花间生其中，悠然远山，蓝天白云，形成赏心悦目的自然美景。

中午到达马拉喀什，整个城市的建筑呈赭红色，和周边的自然环境和谐统一。城市一眼看过去就比卡萨布兰卡干净很多，分为新城和老城。新城多为比较漂亮的五六层楼高的居住区，老城就是皇城，也就是过去马拉喀什真正的核心地带。我们在新城找了家饭店随便吃了点午饭，整个下午就泡在了老城区。老城区的游览地主要有三个地方：库图比亚清真寺（Koutoubia Mosque）、巴希亚宫（Palais De La Bahia）和杰马夫纳广场（Djemaa el Fna）。

库图比亚清真寺建于1195年，当时是为了纪念击败西班牙人的胜利。清真寺的宣礼塔高67米，曾经是北非最高的宣礼塔，现在被卡萨布兰卡的哈桑二世清真寺超越了。另外一个独特之处是据说当年修塔时，在泥浆中拌入了近万袋名贵香料，使清真寺散发出浓郁的芳香，因而库图比亚清真寺又有“香塔”之称。另外，据说当年登塔呼唤人们祈祷的宣礼员必须是盲人，以免偷窥附近王宫后院里的嫔妃。不信仰伊斯兰教的游客们，只能在清真寺外围绕圈子，不许入内。我在塔的周围也没有闻到传说中的浓郁芳香，估计时间久了香味也没有了。另外，王宫距离清真寺也不近，古代没有望远镜，登上塔顶估计也看不清楚嫔妃，所以不知道盲人才能登塔的故事是否属实。不过清真寺周围的绿植很好，尤其是一片片橘子树，结满了橘子，和绿叶相间，在蓝天白云的映衬下非常好看。

清真寺往东走一段距离，就是绿荫掩映下的“大院落”巴希亚宫。这个王宫其实不是马拉喀什成为都城之后的王宫。那个时候的王宫几经变迁，已经找不到踪影。阿拉伯人和柏柏尔人几百年打打杀杀，江山几移其主，当年王谢堂前燕，早已飞入寻常百姓家。但马拉喀什作为北非政治文化中心的地位没有太多的改变。现在的这个巴希亚宫，是19世纪权臣西阿姆穆萨（Si Ahmed Moussa）的府邸。进入该宫，天井院落层层叠叠，雕梁画栋充满伊斯兰气息，马赛克拼成的各种对称图案整洁明快。房子一间套着一间，据说是房子主人的大太太、二太太、三太太、四太太还有小妾等居住。到今天摩洛哥男人还可以娶最多四房妻子，令很多外来的男人羡慕不已。但其实大部分男人根本就娶不起四房妻子，能够娶到一个，就已经很幸运了。西阿姆穆萨是当时一手遮天的权臣，他隐瞒老王去世的消息，扶持自己选定的皇子继任苏丹，父子两代身居高位。被扶持的苏丹委曲求全，隐忍多年，等西阿姆穆萨一死，立刻劫掠了他的宅邸。这样的故事好像在中国听到了很多遍，比如嘉庆皇帝“修理”和珅的故事，是不是很类似？

以上的清真寺和所谓王宫，也就是走马观花而已，马拉喀什真正有魅力的地方，是杰马夫纳广场。可以说这个广场是吸引游客来到马拉喀什的核心所在。如果做个比喻，这个广场就像元宵节时候的地坛庙会，或者簋街夜市，只不过这里是一年四季天天庙会，游客从全球四面八方来享受这种热闹，又把自己变成了热闹的一部分，而且一热闹就是上下千年。来到这里，就像进入了中世纪时期阿拉伯的神话世界，随处可见蛇与猴子表演、拿着皮袋穿着红衣服卖水的人、民族乐师、舞师、卖狗皮膏药者等，他们招揽顾客声嘶力竭、充满活力、动作夸张。到了晚上，广场成为摩洛哥乡土名菜出笼的现代夜市，各种特色的烧烤和小吃，只要你敢吃，就会给你摆上来。

进广场前，我已经被人警告要看好背包，因为这是一个小偷和游人斗智斗勇的地方；同时也被告知不要随便对着表演者照相，否则一定会被敲诈一笔钱。我提高警惕，信心百倍进入广场，结果刚进去就被一个舞蛇者拦住，他把一条蛇挂在了我的脖子上，我被吓得一激灵，连忙让他拿掉，他伸手就问我要50迪拉姆，我被纠缠没法，最后只能给钱脱身。不过广场的小吃非常不错，一摊摊支起来，烤肉的香味四处飘荡，激起游人巨大的食欲。我们坐下来吃了几根羊肉串，又到了一个专门卖煮羊头的地方，吃了一点羊头肉，然后心满意足到水果摊前要了一杯鲜榨果汁。这里的水果摊也很有特色，各种新鲜水果铺陈，尤以橙子为多，你点上一种水果，几分钟鲜榨果汁就递到你手中，在吃完烤肉之后，一杯果汁把口中的油腻洗刷得一干二净，登时觉得心明气爽。吃完后再悠闲地逛逛广场周边的各种小商店，这里卖各种稀奇古怪的东西，从模仿中世纪风格的各种器皿，到世界名牌的各种假货，应有尽有。不时有人窜到路中间来把你拉住推销物品，你只要稍微一犹豫，就会被死缠烂打到底。我一路逛着，一路躲避着，一路还要看着自己的背包，忙得不亦乐乎。

人类的活力，来自人与人之间的交流。现在世界的交流，往往十分正经，预设很多规矩，大家交流的时候循规蹈矩，清心寡欲，了无生趣。进入杰马夫纳广场，人们一下子暂时摆脱了文明世界的规矩，进入了一种释放活力、需要机智的交往状态。比如讨价还价，在大城市商店里早就没有这个机会，但在这里，开价几百迪拉姆的东西，如果你真心想要，可以砍价到几十迪拉姆，心里就会因此充满成就感。可以肯定的是，一种可控的无序状态给人带来的惊喜和活力（当然有的时候是烦恼和恐慌），要比循规蹈矩的世界给人带来的稳定和无聊，更加容易激发人们的激情、向往和追逐。

晚上去了达尔·艾萨拉姆餐厅（Dar Essalam）吃饭。这个餐厅，以其曾经作为希区柯克著名电影《擒凶记》（*The Man Who Knows too Much*）的拍摄地之一而变得非常有名。餐厅装修充满伊斯兰风格，豪华稳重。在摩洛哥，“塔吉”（tajine）是最有名的食物。所谓塔吉，就是一个三角锥形的陶罐，把肉和菜放在陶罐里，加入调料，盖上厚重的三角锥盖子，煮透煮烂，一锅端上，大家分而食之，味道浓郁鲜美，很像东北乱炖的感觉。根据肉类的不同，分为塔吉牛肉、塔吉羊肉、塔吉鸡肉等，但放入的蔬菜基本一致，都是土豆、豆角、青椒等。一边吃饭一边还有乐器和歌舞表演。摩洛哥不盛行喝酒，我也省去了点酒的麻烦，以水当酒，饭饱之后，回宾馆休息。

椰枣树·橄榄树

走遍摩洛哥，给人印象最深的就是两种树，椰枣树和橄榄树。横贯摩洛哥的阿特拉斯山脉，好像在一张纸上画了条对角线，把摩洛哥分为东南和西北两部分。阿特拉斯山西麓到大西洋，是海洋性气候，雨水相对比较充足，植被丰富，平原山川郁郁葱葱；阿特拉斯山东边，雨水被挡住，形成戈壁沙漠，气候干旱，植被稀少，大部分地区都是裸露的黄色沙地，再往东就是一望无际、连绵几千千米的撒哈拉大沙漠了。

在山的西边，最常见的植物就是橄榄树。到摩洛哥，人们一般先去卡萨布兰卡、马拉喀什或者非斯游览。这三个城市都在大西洋一边，所以看到的植物更多的是橄榄树。尤其是到非斯和梅克内斯一带，橄榄树更是漫山遍野，种植得非常整齐，像士兵一样排排站着，一望无际，绿色的树叶在阳光下闪闪发光。在摩洛哥吃饭，每餐必有橄榄出现，要么就是腌制的，要么就是做在菜里的，吃起来也没有什么特别的味道，涩涩干干的。据说橄榄回味的时候才会其乐无穷，结果我回味半天也没有无穷产生。橄榄不能直接食用，主要是为了榨油。摩洛哥的橄榄油出口世界各地，有很好的名声。在摩洛哥仅剩的古罗马遗址沃吕比利斯（Volubilis），能看到巨大的榨油坊和榨油机，那是2000年前的设施，表明从古代开始，这一地区就种植了大片的橄榄树。穿越2000年，人世间沧海桑田，朝代政体已经发生了无数次更替变化，从古代的柏柏尔人，到罗马帝国的移民，到阿拉伯人不远万里迁徙到这里，再到近代100年欧洲殖民，今天生活在这里的人们，和古代的人们不一定有任何血缘关系了，这一地区的宗教信仰也发生了巨大变化，从罗马的多神教到阿拉伯人的伊斯兰教，人们的生活习惯也发生了巨大变化。但有一点一直没变，人们一直在依赖这片土地生生不息的橄榄树，榨取橄榄油，获得收益，繁衍后代，建设家园。在蓝色小镇肖恩，有一棵千年橄榄树，盘根错节，老态龙钟，但枝头依然是一片翠绿，好像在诉说着千年不变的生命倔强和传奇。在树下，穿着鲜艳服装的几个当地女孩正嬉笑玩耍，寓意着穿越千年，生命依然一如既往地美丽。

说到橄榄树，就不能不想到三毛作词的歌曲《橄榄树》，那优美的旋律也会在耳边响起：“不要问我从哪里来，我的故乡在远方，为什么流浪，流浪远方，流浪；为了天空飞翔的小鸟，为了山间轻流的小溪，为了宽阔的草原，流浪远方，流浪；还有还有，为了梦中的橄榄树，橄榄树，不要问我从哪里来，我的故乡在远方，为什么流浪，为什么流浪远方，为了我梦中的橄榄树！”不过据说最初的歌词，三毛写的并不是橄榄树，而是小毛驴，只不过后来唱起来，觉得小毛驴不好听，才改成了橄榄树。这一说法是有可能的，因为三毛在摩洛哥的时候，是在西撒哈拉那边活动。那边橄榄树不多，但小毛驴确实很多。几十年来，一曲《橄榄树》，把多少人唱得心思奔向了远方，背上行囊，寻找梦中的橄榄树。

翻过阿特拉斯山，橄榄树就基本见不到了，进入眼帘的尽是椰枣树。刚开始我以为那是棕榈树，叶子和棕榈树几乎一样，但经人提示之后，就能够看出区别了。其实椰枣树就是一种棕榈树，只是棕榈树的树干表面相对光滑。椰枣树在生长过程中，每年都要被砍掉一圈叶子，树一年年长高，叶子一圈圈被砍，就形成了像龙鳞般的树干。椰枣树是典型的经济植物，需要的水分不多，能在干旱地带生长，生命力顽强，从紧贴地面的一棵小树慢慢长成高大挺拔的树干，在成长中不断贡献甜蜜的椰枣给人类。不过一棵椰枣树从种植到最后结出椰枣，需要5～10年的时间，但一旦到了结果时间，就开始长出满树椰枣来。椰枣成长的时候是绿色，半成熟状态就变成鲜黄色，最后长成红彤彤的成熟椰枣，一棵树可以产几十斤到上百斤椰枣。那种在巨大的叶子下面挂着一串串红色椰枣的景象，十分惹人喜爱。摩洛哥是椰枣生产国，从阿特拉斯山南麓到沙漠边缘的广袤土地上，几乎家家户户都种椰枣树，有些山谷里，椰枣树成片成林，一望无际，蔚为壮观。在市区的小摊上，我买了一袋椰枣，形状和我们吃的普通大枣差不多，但没有像红枣一样烦人的枣皮，果肉呈半透明状，放入口中，慢慢咀嚼，会像糖一样在嘴里慢慢化掉，口感甜美且不腻。据说椰枣的营养价值十分丰富，由于含有天然果糖成分，连糖尿病人也能够放心食用，常吃椰枣，还能调节肠胃功能。穿越沙漠的人，带一袋椰枣，既能够解饿，又能够救命，只要几颗椰枣下肚，维持一天的生命没有任何问题。椰枣树，吸收了沙漠和太阳的精华，凝聚成甜美的果实。因为椰枣的存在，一望无际的戈壁沙漠，不再显得那么无情，在沙地上那些耸立的椰枣树，是生命顽强挺立和大地无私给予的象征。

如果说橄榄树有点像风情万种的女人，展示出不断生产的丰饶和优雅的妩媚，那么椰枣树就像是挺拔的男人，在残酷的大自然面前守卫着家园和生命。在家门口，只要有迎风摇曳的橄榄树或者椰枣树，都代表了生活的安宁和生命的延续。这种对于生命的坚守亘古未变。

摩洛哥的城市色彩

在摩洛哥旅行，基本上以游览城市为主。城市与城市之间的距离，少则几十千米，多则几百千米。开着汽车，一个城市一个城市地逛，每个城市都能够逛出不同的味道来。这些城市除了历史不同之外，还有一个最大的不同，就是几乎每个城市都有自己的颜色。其中令我印象比较深刻的城市是卡萨布兰卡、马拉喀什、依弗兰（Ifrane）、舍夫沙万（Chefchaouene）、丹吉尔（Tangier）和艾西拉小镇（Assilah）。

卡萨布兰卡，在我头脑中是异国他乡和浪漫爱情的代名词，也许是因为电影《卡萨布兰卡》（*Casablanca*）和主题曲《时光流逝》（*As Time Goes By*）让人久久难忘。卡萨布兰卡又称达尔贝达

（Dar el Beida），阿拉伯语意为“白色房子”，后来西班牙殖民者改叫卡萨布兰卡，也是“白色房子”的意思。摩洛哥独立后，名字又恢复了达尔贝达，但大部分人只知道卡萨布兰卡，不知道达尔贝达，连摩洛哥各处的路标也都只写着卡萨布兰卡。整个城市确如其名，以白色房子为多，即使是新城区的现代建筑，也以白色为主调。靠近海边的老城更是统一的白色，只不过天长日久，风吹雨打，大部分白色变成了略显陈旧的奶黄色。走了摩洛哥一些城市，发现白色是被普遍接受的颜色，首都拉巴特以白色为主，古城非斯也以白色为主，还有一些依山而建的小城镇，以白色为主的房子层层叠叠，把整座山装扮成错落有致的民居风景，很有美感，其风格好像有点受古希腊民居风格影响。在所有城市中，好像卡萨布兰卡最没特色，到了现场，也感觉不到太多浪漫，城中有个名叫“瑞克的咖啡”（Rick’s Café）的咖啡店，可惜和电影半点关系都没有，是电影出名后商人依据电影主题仿造的一个咖啡店。后来想想，没有特色的卡萨布兰卡，其最大的特点就是在大西洋的海浪声中，展示出自己的包容和大气。

从卡萨布兰卡向南200千米左右，就到了历史文化名城马拉喀什。马拉喀什坐落在阿特拉斯山北麓，整个地区土地都是土红色，所以马拉喀什的建筑几乎全部都是赭红色，和周边的自然环境形成和谐统一。城市比卡萨布兰卡干净很多，分为新城和老城。新城多为比较漂亮的五六层楼居住区，老城就是皇城，也就是历史上马拉喀什真正的核心地带。

小镇依弗兰完全是另外一种风情。从撒哈拉沙漠边缘的小城梅尔祖卡出发去非斯，沿着阿特拉斯山向下行驶，地貌逐渐过渡到起伏平缓的山坡丘陵地带，这个时候，在绿树掩映中，突然出现一大片红顶白墙的建筑，风格完全欧化，和在摩洛哥大部分地方见到的土黄色平顶房子完全不同，让人产生了到达欧洲某个小镇的幻觉，这个小镇就是依弗兰。经导游解释才明白，这个地方曾经被德国人占领，从那时起，当地的建筑风格就成了红顶白墙的欧洲风格。殖民地时期结束后，德国人大部分撤离了，但建筑风格保留了下来，阿拉伯人和柏柏尔人可能觉得这些建筑挺好看，在扩建小镇时继续沿用，将这里打造成了独具一格的欧风小镇。小镇的清真寺也是红顶白墙，恍惚让人感到那是一个教堂，只有旁边的宣礼塔提醒你，这是一个清真寺。阳光下的小镇宁静美好，整洁的街道，干净的小店，散步的人群，给人一种安宁与放松之感。还有很多非洲鹳鸟，在房顶上造了巨大的窝。鹳鸟就悠闲地在窝里或者屋顶上站着，习以为常地俯瞰着下面来自世界各地的游人。

摩洛哥另外一个有特色的小城就是舍夫沙万。这个小镇坐落在阿特拉斯山北段的里夫山脉中，离最北端的城市丹吉尔100千米左右。小镇背靠大山，依山而建，就像一个美少女坐在保护神的怀中一样。说小镇是美少女一点都不夸张，因为这个小镇是摩洛哥最有梦幻色彩的地方。整个小镇都被粉刷成浅蓝色或深蓝色。在走向小镇的旅途中，除了绿树、仙人掌和起伏的山峦，看不到别的东西，时间久了就感到单调乏味，这个时候翻过一个山包，突然发现前面的山坡上一片蓝色的房子此起彼伏，与蓝天白云融为一体，心中的那种喜悦只有亲临其境才能够体会。进入小镇，只有小巷可以拾级而上，上下的台阶也被粉刷成淡蓝色，行走其上犹如走在蓝色梦境之中。小镇中小巷套着小巷，每条小巷或宽或窄，展现各自的姿态。有的小巷有小商店，把彩色的皮革制品或者纱巾沿墙挂着，微风吹过，五彩的纱巾迎风飞舞，犹如身穿蓝色长裙的女子腰间彩带飘逸。不知道当初是哪个居民第一个想到把房子刷成了蓝色，这一充满地中海风情的小镇，从此蓝色就成了她身份的标志。小城的游人并不多，三三两两散步在街巷中，早就放缓了原来在工作中匆忙的脚步。当地老百姓悠闲地待在门口，或聊天，或静思，或读经，脸上没有任何忧虑的神情。因为是星期天，孩子们不上学，三五成群在巷口玩，跳格子、打玻璃球，或者一起唱着儿歌。游人走过，孩子们神态自若，没有一点扭捏做作之态。

这样的小城，特别适合恋人牵手散步，必为恋情增加别样美好的回忆。

丹吉尔是直布罗陀海峡南边镶嵌的一颗明珠，紧扼地中海通向大西洋的出口，对面就是隐约可见的欧洲大陆。这个城市起于什么年代几乎没法考证，但可以肯定的是，自从有人类在这一地区活动开始，这里就形成城市了。好奇心使人类不断走向未知，不管是地理上的探索还是知识上的探索，都是人类从来没有停止过的活动。当最初的人类来到丹吉尔，站在海边，看着对面的大陆，产生的第一个冲动一定是渡海去看一看；而对面的人类，也一定会有同样的冲动。于是几千年来，两边的人类渡过波涛，来来往往，互相交融，把丹吉尔变成了人类历史上最早的一个国际人群集散地。据说摩洛哥的原住民柏柏尔人，实际上是非洲原住民和金发碧眼欧洲人的后裔，罗马人和腓尼基人也以这个地方为据点互相征战和征服，阿拉伯人从这个地方走向了西班牙，差点把欧洲变成了伊斯兰教的天下；后来欧洲殖民者从这个地方登陆，走向了摩洛哥和非洲的其他地方。丹吉尔成了一个地地道道多民族混居的城市，犹太人和阿拉伯人为邻，欧洲人和柏柏尔人通婚，整个城市从一个小小的内城卡斯巴（Kasba）开始，向周边扩展成了一个传统与现代结合的大都市。走进丹吉尔的老城，各种颜色的房子错落有致，绿色、蓝色、黄色、粉红色的建筑鳞次栉比，和这个城市居住的人口一样，渲染着各自民族和宗教的多样性与丰富性。丹吉尔，守着狭窄的直布罗陀海峡，却具备了和海洋一般广阔的胸怀和气质。

最后值得一提的小镇，是位于大西洋边上的艾西拉。本来这个小镇是个名不见经传的小地方。像这样紧靠大西洋，每天享受海风和夕阳的小镇，在摩洛哥还有很多。1978 年之后，艾西拉的命运出现了转机，一跃成为摩洛哥最具魅力的小镇之一。两位出身于这里的艺术家穆罕默德・本那伊萨（Mohamed Benaissa）和穆罕默德・梅乐伊（Mohamed Melehi），提出了将艾西拉打造成能够让各类艺术形式表现的地方。他们邀请了一些艺术家在这座大西洋边老城的墙上绘制各种壁画。从此，每年便有一些来自世界各地，包括日本等国的画家来此绘画（还没有发现中国画家的作品，估计快了），同时举办各种艺术展览。艺术家来到艾西拉，小镇丰富了他们的灵感，让他们享受大西洋落日的同时思如泉涌；而他们的创作，又充实了小镇的灵魂，丰满了小镇的历史，创造了小镇的未来。走在小镇的巷子里，不经意间一拐弯，就会有一幅令人印象深刻的壁画在等着你。每幅作品风格迥异，但都充满了阳光和大气，不乏童趣和天真，明确无误地表达了人们对于和平、爱情、生活的喜欢和向往。这是我走过的摩洛哥城市中最明快的一个地方，在各种眼花缭乱的色彩里，我清晰地体会到了直击人心的主题——对生命的热爱。走完小镇里所有的小巷，可能都不需要半个小时，但这半个小时从此就被收藏在了心里的某个温馨角落，当面对单调、灰色的日常生活时，这一小镇的色彩一定会从心底泛起，温暖生命。

这就是摩洛哥，不同城市的色彩带给了我们不同的心情和体验。每个城市都像一个朋友，这些朋友有着不同的个性，但都友好而迷人。卡萨布兰卡的大气，马拉喀什的厚重，依弗兰的明静，舍夫沙万的梦幻，丹吉尔的包容，艾西拉的妩媚，都让人一见生情，流连忘返。行走在这样的城市间，就像被温暖的朋友包围着，在给予我们惊喜和温情的同时，也洗净了我们久积心头的麻木和冷漠，让我们相信人世间的美好不仅能够存在，还能够持久。

古城印象

摩洛哥的城市几乎都有古城区，但有两个古城尤其值得驻足品味，不是因为建筑古老，也不是因为历史悠久，而是这两个古城迄今为止还保持着千年不变的原始商业活动。从这些商业活动中，我们能够见到生生不息的尘世活力。商业交易展现了人类的自私贪婪、斗智斗勇和狡猾欺诈，同时也给人类带来了互相理解、共同发展和衣食温饱。这两个值得驻足的古城，就是马拉喀什和非斯。

马拉喀什的皇宫早已倒塌，失去了曾经的辉煌。时间已经把一批批曾驰骋疆场的英雄埋进了历史尘埃，有的连一点痕迹都没有留下。“当年王谢堂前燕，飞入寻常百姓家。”今天的马拉喀什，确实已是寻常百姓的天下。这一点在杰马夫纳广场立刻就能够体会到。这个古老的广场，一如既往充满了人类的活力和张力。我刚进去就被一个舞蛇者骗走了50迪拉姆。经此一役，我才体会到对手了得，从此小心翼翼，见到舞蛇者就蹦出三丈之外。但是几乎防不胜防，舞蛇者刚走，弄猴的人又来到你面前。

到了非斯古城，由于行程安排，我们把游览时间安排在早上。9点到达古城时，古城的街道上几乎空无一人。昨天是伊斯兰历中穆罕默德的生日（如果按公历计算，不一定每年都是同一天），刚好又是圣诞节前夜（这里的人基本不过圣诞节），所以很多人欢聚到很晚才睡。大早上大家还没有起床，除了三三两两坐在路边台阶上的老人外，没什么人出现。我们享受到了难得的古城清静时光。阳光照在古城高低错落的房子上，照在淡黄色的墙上，斑驳陆离，格外宁静。

整个非斯老城街道狭窄，最宽处也就2米左右，最窄处仅能一人容身。间或会有一个小广场出现，也就是100平方米左右，是城市各种活动的集散地。老城范围巨大，街巷纵横交错，如果没有人引路，一不小心就会迷失在蜘蛛网一样的街巷之中。到了中午，老城开始热闹起来，人群变得熙熙攘攘，街道两边各色商店都打开铺门，各种稀奇古怪的东西挂到门口，游人如织穿行其中，叫卖声此起彼伏，卖者和买者斗智斗勇，一派热闹景象。

对于中国人来说，这样的场景一点都不陌生，买卖之间互相较量、乐在其中，更是中国人擅长的。在古城里我兴之所至，也买了两样东西。一个是刻了光芒四射的太阳和花纹的铜盘，手工刻制，非常精美，我一看就爱不释手。大胡子店主开价1500迪拉姆，我还价到300迪拉姆，拉锯了10分钟，最后以500迪拉姆成交。另外就是在一家皮衣店，我们到他家楼顶平台上去看染坊的场景，作为感谢，觉得不买点什么过意不去，就为儿子买了一件很好的皮衣。店家开价800美元，我还价到200美元，店家坚决要500美元。我就和他开始聊天逗乐，他说只要我买了衣服，就送我一双200迪拉姆的拖鞋作为礼物；我说干脆我买拖鞋，你把衣服作为礼物送给我；我说你只要把衣服卖给我，我就介绍中国人来你店里买东西。我说我在中国认识很多人，他就问认识多少，我说我认识老婆孩子，还有邻居、同事啊。最后聊得开心，店主居然邀请我到他家里去玩。衣服最后以250美元成交，同时附带了一双皮制拖鞋。就这样，我以“二百五”的心态，买了一件“二百五”的衣服。其实这样的价格我也不知道是不是受骗了，但砍价的过程，真是乐在其中。

游览非斯，值得一提的就是到这些皮制商店的楼顶上，去俯瞰动物皮毛的鞣制和染色过程。据说千年以来，这一方法就没有变过。在被房子包围的染坊中，石砌的池子一个连着一个，有上百个之多。带血的皮毛（牛皮、羊皮、骆驼皮）被运到这里，泡在石灰水的池子里两个星期左右，让皮和毛脱离；然后捞出清洗，再放入由鸽子粪等搅拌而成的池子里，浸泡三个星期左右，让皮子软化；皮子软化后，再放到旁边的染池里浸泡染色，据说染料都是天然植物提取，一旦染好，永不褪色。染色过程大概又需要几个星期，颜色染好后，各种颜色的皮革就制成了，可以做成衣服、皮包等出售了。这里的皮革全球闻名，质量上乘。据说世界上很多名牌时尚产品，都是用这里出去的皮革制作的。如果不讲究品牌，这里的皮制品一定是全球最好、最便宜的之一。由于这些染缸都在露天，各种皮子的臭味加上鸽子粪的臭味，使整个染坊上空恶臭难闻，上天台之前，店家会给你一把薄荷叶，放在鼻子底下闻着，以抵抗空气中的恶臭。现在是冬天，臭味不那么凶猛，据说到了夏天，有不少人一上天台，就被熏死过去了。看着在池子周围劳作的工人，浑身上下都是脏水，把皮子一堆堆从水里捞出来，神态自若，也不戴口罩，一年四季就这样工作，也许是久处其中不闻其臭了吧。

到了傍晚5点左右，我们到古城对面的山坡上去看落日中的非斯老城。老城区完整地展现在我们面前，房子鳞次栉比，在山坡和山谷中展开，几乎一望无际。无数的宣礼塔耸立在夕阳的光辉中，似乎向人诉说着千年历史。随着夕阳西下，古城的灯火星星点点亮起，同时亮起来的，也许还有人们心里千年不变的希望：宗教神圣，而人间烟火是温暖所在，也是人类活力和生生不息的根源。从耶路撒冷到麦加，从大马士革到非斯，从印度到中国，人类在宗教活动的同时，从来没有放弃过对于幸福和温暖生活的追求。包括那些在臭水池边劳作的工人在内，人类一代代的努力，就是为了当黄昏来临的时候，能够为家人点上那一盏穿透黑夜的明亮灯火。

我所遇见的摩洛哥人

到摩洛哥之前，在网上查阅相关资料，看到有人不断写游览摩洛哥注意事项：在热闹的地方看好自己的物品，因为小偷比较多；如果有人主动上来带路或做导游，一定要拒绝，否则最后会被漫天要价；买东西的时候一定要小心，否则被宰的可能性几乎100%。这些告诫给人的感觉是仿佛一到摩洛哥，就等于不是走进贼窝就是遇到强盗。还没有踏上这片土地，就已经手心捏汗。

在摩洛哥旅行了10天，是否有小偷我还真不知道。在一些热闹场合，我背着肩背包自由穿行，好像也没有遇到有人要抢我的东西。当然我也有一份警惕，尽量不去太拥挤的地方凑热闹。我碰上的大部分摩洛哥人，都还比较面善友好。摩洛哥是一个伊斯兰教国家，但比较开放，接触外来人士比较多，大部分女性也都落落大方。由于整体心态比较包容，国民气质就多了一份见过世面的从容。

摩洛哥人个性整体上比较欢快，在马路上很少看到愁眉苦脸的人，也没有太多行色匆匆的白领。这也许和这个国家常年享受阳光灿烂的亚热带天气有关，空气中弥漫着某种慵懒自得的气息。西边浩瀚的大西洋涵养胸怀，东边撒哈拉沙漠打磨坚毅，直布罗陀海峡和地中海把这块土地和世界相连，北达欧陆，东连亚洲，各民族自古在这里交汇融合，形成了多民族共存的局面。现在的人口主体以阿拉伯人和柏柏尔人为主，但不少人一看就是混血后代，血管里已经流淌着世界的血液。据说最早的柏柏尔人，就是非洲当地人和金发碧眼的欧洲人混血而产生的民族。今天把摩洛哥的阿拉伯人和柏柏尔人放在一起，你也很难一下子分辨他们的肤色和长相有什么明显的区别。

大家在网上议论比较多的，是在旅游地点被人敲诈的事情。这种情况确实有，但通常只有在旅游热点城市，比如马拉喀什或者非斯才会遇到。这也是全世界旅游地的常见现象，就像北京的长城或者西安的兵马俑一样。旅游商业必然会催生一批以此谋生的人群，用各种手段赚取游客口袋里的银子。只要预先知道如何防范，就基本不会上当受骗。在摩洛哥，如果你不需要让人带路，就一定不要理睬主动走上前来和你搭讪的人，不管是小孩还是成人。他们会非常热情带你到要去的地方，但紧接着就是伸手要钱，而且开口就是大价钱，让你产生强烈的被人敲诈的感觉，给本来美好的旅程蒙上不快。要防范这样的事情，一是不要理睬主动接近你的人，二是如果你真的要问路或需要向导，一定要预先讲好价钱，并且要说清楚币种，只要这两点敲定了就不会有什么意外。即使是这些狡猾的带路人，也不能算是坏人，你只要态度强硬一点，他们通常也会知难而退，不会出现成群结队、群起而攻之的情况。

我在摩洛哥遇到的两次向导经历，让我对摩洛哥人心怀好感。一次是在联合国文化遗产保护地阿伊特本哈杜村（Aït Benhaddou），一次是在海滨城市丹吉尔。我们在阿伊特本哈杜村游览时，在村口碰上一个长得相当英俊的小伙子，名叫哈桑，英语不错，一路陪着我们参观讲解。我担心被他敲竹杠，问他需要多少费用，他说随便，我心里一紧，再看看小伙子一脸无辜，心里就想如果被他敲竹杠，大不了最后就是和他讨价还价而已。在摩洛哥两天，我已经学会了在讨价还价中寻找乐趣。小伙子一路热情，最后还带我们到了他家。他家就在古村落里，土坯房子，居然收拾得很不错，有干净的厨房、客厅、卧室。他把老婆孩子介绍给我们，带我们进入客厅。客厅铺满了手工编织的地毯，我们席地而坐，他给我们煮了很好喝的薄荷茶，给我们看了他参加电影《角斗士》（*Gladiator*）拍摄的剧照，并把手工地毯一条条抖开给我们介绍。我明白他是希望我们购买他们家的手织地毯，但考虑到地毯随身携带的麻烦，我还是抗拒了内心的柔软。离开时我主动给了他100迪拉姆的导游费，他一点都没有嫌少，欢天喜地把我们送到村口，依依不舍看着我们涉河而去。我们过河回头看，他居然还在村口站着向我们挥手。

在丹吉尔，我们在老城里面闲逛，逛着逛着就迷路了。丹吉尔的老城，街巷纵横，七绕八拐，十分容易迷失。我们只好停下来，向一个推着手推车的中年人问路。在中国就算我们遇到好心人，也最多就是指指方向而已。没想到这个中年人，推着手推车，掉头就带着我们走过好几条小巷，一直到我们想去的地方。我心里想着他会要钱，静等要价，没想到他推着小车回头就走了。这让我心里着实感动了一下，追上去给了他钱，他笑了笑，也就很大方地收下了。这一经历，让我后面几个小时的行程心里充满了愉悦。

我们租的汽车是带司机的。帮我们开车的司机叫犹赛夫，是个阿拉伯人，人不多话，但做事很实诚。摩洛哥是个交通规则执行得很好的国家，在路上很少看到有人开车横冲直撞，乱超车、乱停车的现象也不多见。犹赛夫是个好司机，一路没有一次违反过交通规则。有一次前面有辆很慢的车，马路中间是实线不能超车，结果他不急不慢跟了十几分钟，而前面道路上几乎一辆车都没有。在瓦尔扎扎特，我相机的充电器丢了，他就开车带我满大街找能够买充电器的地方，最后终于在一家照相器材店找到了一个旧的充电器，好说歹说让店主卖给我，司机一路陪着我，帮我砍价，给我留下了很好的印象。

一个国家的素质，往往不是大楼有多高，设施有多现代，装修有多华美，甚至不是科技水平有多现代，而往往体现在普通国民的一举一动、一言一行之中。在摩洛哥，尽管你见不到太多的现代化痕迹，没有摩天大楼，高速列车，也没有太多的名牌汽车，但国民的整体素质非常让人放心。这是一个尊重传统、思想开放，做事有底线，不急功近利的民族。国民的生活水平不算富有，但大部分人脸上有某种安宁自足的表情。我们中国人常常自夸泱泱大国，但去全球旅行，有些行为却惹人生厌：随处涂鸦、随地吐痰、大声喧哗、加塞拥挤……现在到摩洛哥的中国人还比较少，摩洛哥人还非常友好地对待中国人，但已经出现了中国人强闯清真寺的现象（清真寺不让非伊斯兰教徒进去，就有中国人编谎话混进去，结果被赶了出来）。真希望中国人走到任何一个地方，都能够给人留下美好的记忆和良好的印象，而不是被人侧目而视。在摩洛哥的一个小镇，走上来一位普通男性，握着我的手一个劲夸中国人好，我以为遇到了骗子。原来，他的胳膊曾经摔伤了，是一位中国医生帮他治好的，所以见到中国人就像见到亲人一样。希望中国能够多一些像这个医生一样的人，在出国旅行的时候，收敛自己的不当行为，尊重当地的文化传统，把善意和美好留下来。

在泰晤士河畔喂天鹅

在温莎（Windsor）小镇，我们走到了泰晤士河边。泰晤士河在伦敦十分宽阔，而且水流随着大海的潮汐高低起伏，大型船只可以直达伦敦中心。当时造塔桥的主要目的之一就是因为大型船只通过的时候，桥面可以打开。温莎小镇的泰晤士河，已经远离了潮汐的影响，水面平静如镜，两岸树木茂密，秋色迷人。英国人说，由于今年秋天雨天和晴天来回交替，所以树叶尤其多彩多姿，我们一路走过，确实感到秋色无限。

流经温莎小镇的泰晤士河里，游着很多天鹅。除了天鹅，还有大雁、野鸭、海鸥等，看来是长年驻扎在这里的。游人一到河边，它们就成群游过来，海鸥在天空飞舞。一看就是被游人喂习惯了，知道哪里有人哪里就可能有吃的。这里的鸟类，根本不怕人，倒是人被它们追得团团乱转。在中国不太容易有这样的场景，中国的鸟类警惕性都特别高，因为有可能时时就被人抓起来吃了。上个礼拜，我还看到一个报道，在内蒙古天鹅迁徙必经的一个湖上，有上百只天鹅被毒死了，到现在凶手也没有抓到。

团队成员到店里买了一些专门喂鸟的食品。当我们把食物撒在水里时，各种鸟蜂拥而至，海鸥为了抢食开始互撕，大雁和野鸭干脆直接上岸到喂食者的手里争食。天鹅在水面上也越聚越多，本来在远处的天鹅也都游了过来。但天鹅不像其他鸟一边唧呱乱叫一边抢食。天鹅排在一起，安静地看着你，你把食物撒下去后，它们就伸出长长的脖子，优雅地啄食。如果食物被别的天鹅吃掉了，它就抬头不急不慢地看着你。上百只天鹅在一起，我始终没有看到两只天鹅为了争食互相撕咬的情况。这真让我对天鹅平添了一份敬意。天鹅在啄食过程中，保持着一份面对施舍者的自尊和一份同伴之间互相的尊重，人类面对它们，应该自愧不如吧。

其实做人也不难，保留一份得体的自尊，保留一份互相之间的尊重，很多事情就变得美好和高雅起来。

柬埔寨，很近又很远

柬埔寨，在我心里是一个熟悉的国名，又是一个陌生的国度。熟悉，是因为从我小学起，就总是听各种新闻里提起柬埔寨西哈努克亲王（Norodom Sihanouk）。陌生，是因为这样一个小国家，给我留下的印象是战争和贫穷。波尔布特政权曾经杀害了200万人左右（公开数据200万，老百姓说300万）。一个1000万人左右的国家，30%左右的人被屠杀掉，想起来都令人汗毛直竖，不寒而栗。现在的柬埔寨人提起波尔布特（Pol Pot），都有两腿发软的感觉。可是你看波尔布特的照片，一副慈眉善目的样子，可见恶魔并不一定有恶魔的外形。

中国人想起东南亚旅行，首先想到的是泰国，一个旅游资源很丰富、住宿交通又很便利的地方。柬埔寨的吴哥窟大家都听说过，但柬埔寨直到1993年才摆脱战争，走向安定。1993年5月，柬埔寨在联合国主持下举行首次全国大选。9月颁布新宪法，改国名为柬埔寨王国，西哈努克重登王位。从此，柬埔寨逐渐走向国家和平发展的轨道。10年前，人们到吴哥窟旅行几乎还找不到宾馆，但在20多年的“改革开放”后，现在吴哥窟所在的暹粒城（Siem Reap），已经有了比较现代化的机场，城内也有了很好的宾馆设施和餐饮服务。不过从北京过来还是不太方便，直飞的航班只有吴哥航空半夜的红眼飞机，还不是天天有。所以如果想要从北京到吴哥窟来，大部分情况下还得转机，我早上9点半先从北京搭航班飞广州，再从广州飞暹粒，路上共花了10个小时，够飞到欧洲或者北美了。

柬埔寨的政体是议会制君主立宪制，实行自由民主制和自由市场经济，立法、行政、司法三权分立。国王没有什么实际权力（基本和英国、日本、泰国一样），每5年进行一次选举首相的投票，现在的首相是洪森（Samdech Hun Sen），由于没有设定首相的连任机制，所以洪森已经连续当选了5次。我问当地老百姓，是不是觉得这样洪森会独裁，他们说不会，都是自愿投票给他的，因为他是一个亲民的首相。柬埔寨还是个农业国家，所以洪森插秧、开拖拉机都是一把好手（这个和我差不多）。另外，洪森讲话风趣幽默，直截了当，常常能够把老百姓逗得很开心。不过，最重要的还是这20年柬埔寨的和平和开放，同时对老百姓的私有财产进行了很好的保护，这样老百姓就消除了恐惧，努力创富，国家有了欣欣向荣的迹象。老百姓觉得这也是洪森的功劳。但由于柬埔寨有反对党，有言论自由，力量还挺强大，洪森也不敢乱来。20年的时间，柬埔寨人民已经被教育成了懂得民主的公民，政府领导也已经被约束成了懂得权力制约的公仆（尽管贪污现象还是很严重）。

世界著名的吴哥窟，是8~14世纪吴哥王朝（中国古代叫真腊王国）留下的一系列寺庙（印度教和佛教的都有）和王城遗址，分为大吴哥和小吴哥。大吴哥为王城内部的寺庙遗址加王宫遗址，小吴哥就是吴哥窟，在百度上搜索会看到有5座宝塔倒影水中的无数图片。吴哥窟被列为“世界七大奇迹”之一，世界文化遗产。想要到吴哥窟所在的城市暹粒，中国一些城市有直航，但北京似乎还没有，通常需要从广州转机。

柬埔寨人对中国人比较有好感，有历史原因（西哈努克），有现实原因（中国游客花钱多）。但到柬埔寨需要先签证，比较容易签，旅行社都可以代办。到柬埔寨最主要的景点就是吴哥窟，其他地方可去可不去。这里背包客比较多，小宾馆也比较多，交通上到处都有摩托车拖着车厢的“嘟嘟车”，花钱不多，四通八达。拿到签证，背上背包，跳上飞机，不用预订宾馆行程就能去（春节期间不行，中国游客人挤人的，一点异国他乡的感觉都没了）。

柬埔寨是个佛教国家，老百姓相对比较平和，除了有的地方罕有小偷，不用担心人身安全。这个国家由于从战乱中走出也就20年左右，所以不那么发达，整体上还比较贫穷，物价也不是很贵。暹粒的夜市很热闹，有各种小吃，也有各种纪念品卖。小吃中最奇特的是油炸小蛇和油炸大蜘蛛，有人吃得津津有味，我看了就被吓一哆嗦，没敢吃。餐厅吃饭都是份饭，柬餐特色，西方吃法，柬埔寨人即使在家里吃饭也用刀叉，这是法国殖民几十年带来的风俗改变（之前他们是像印度人一样用手抓饭吃）。

柬埔寨的民俗中，最有意思的就是男方要"嫁"到女方家里去，相当于中国的入赘。在中国，入赘往往会被人看不起，但在柬埔寨，如果不入赘，会被人鄙视。在柬埔寨生活的华人也入乡随俗，多数开始倒插门。这样做其实好处多多，一是岳父岳母通常不会和女婿过不去（婆婆和媳妇过不去就太常见了），所以女婿在女方家日子会好过，二是男方不太敢欺负女方，因为女方就在自己家。这个习俗合理，我觉得中国可以引用，会使中国几千年紧张的婆媳关系有所缓和。可惜现在很大一部分中国家庭都是一家一个孩子，去哪边都是留下孤独的老人。

到柬埔寨，可以用人民币兑换柬埔寨瑞尔用，但柬埔寨更流行美元。美元可以直接在市场上流通，而且老百姓更加愿意接受美元（政府允许美元通用，一是表示柬埔寨投资金融国际化，二是老百姓担心柬埔寨瑞尔贬值）。所以如果带着美元，就不用进海关后把美元换成柬埔寨瑞尔，但在柬埔寨国内要换成小面额的美元（1~5美元的），几乎没有机会用大额美元。我去之前不知道美元通用，结果换了一些柬埔寨瑞尔，最后发现很亏，1美元兑换3800柬埔寨瑞尔，到了市场上，1美元的东西要收4000柬埔寨瑞尔，一来一往，贬值了接近10%。

去柬埔寨的最好季节是冬天。冬季白天依然很热（接近赤道），但晚上凉快，而且冬季是旱季，蓝天白云的天空很美，朝霞和晚霞更美。柬埔寨不发展工业（也许还没有来得及），所以没有雾霾，可以放心享用干净到透明的空气。

印度水乡，生命与自然的融合

印度南部的喀拉拉邦（Kerala），境内有美丽的凡巴纳德湖（Vembanad Lake），有阿勒皮（Alleppey）的椰林水乡和著名的回水河景区，是美国《国家地理》杂志（*National Geographic*）评出的人生50个必去的地方之一。

今天我来了，现在写这篇文字的时候，我就在船屋客厅里。船停在凡巴纳德湖岸边，船外的夜空，星光如钻石一般闪烁。

凡巴纳德湖是南印度最大的湖，湖的周围，各种自然河道和人工运河，纵横交错，互通互联，形成了迷宫般的河网，出则大湖浩渺，入则两岸椰林，被称为“东方威尼斯”。船在河道和大湖中穿行，很快就不辨东西南北，除了船员，游客根本就不知道身在何处，就像迷失在桃花源中一样。

不知道从什么时候开始，这个地方就有了这样一门生意：当地老百姓把船建造成船屋。所谓的船屋，就是在船上造出几个房间来，船屋的屋顶以稻草编织而成，显得古朴原始。客人上船后就可以吃在船上，睡在船上，可以在船上待整整一天，饱览湖光美色。现在的船屋，通常已经是船屋公司经营，船比较大，通常长30米左右，宽5~8米左右，船上设施和卫生条件已经好了很多，卧室里有卫生间和淋浴装置，有空调。

船上有2~3个房间，一般都是一家人包一条船，或者几个朋友包一条船，也有一对情侣包一条船的。船上有三四个船员，包括开船的，服务的，还有厨师等。船员一般都会一点英语，受过服务训练，彬彬有礼（一直觉得印度人在服务客人的时候，态度比中国人好很多）。中午左右开船出发，沿着湖边慢慢航行，找一个风景好的湖湾吃午餐，很好吃的印度菜，加上油炸鲜鱼，配上一瓶啤酒，一边吃饭一边看周围白鹭、鱼鹰、海鸥飞翔，很惬意的享受。

下午，船一直在各种交叉的河道中航行，或出没在大湖中，找到另外一个河汊再次进入河道。你可以在轻微的马达声中，坐在船头轻松看两岸的风景，看无边无际的椰树林，看当地渔民在小船上撒网捕鱼，看岸上村庄里小孩光着屁股奔跑，看老百姓举着锄头开垦树林下的土地。当这些一再重复的景致看腻烦之后，你可以喝一杯下午茶，坐在船上的躺椅上随便看一本什么书，打发时光；或者倦意袭来，到卧室里和衣而卧，在轻微颠簸里蒙眬小憩。在这样的时候，没有Wi-Fi（无线局域网），不需要处理工作，百无聊赖，你才会发现，时光是如此悠长，悠长到了你可以不需要计算时间，想一件事，或者一个人。

河道两岸，老百姓的房子稀稀落落，隐现在绿树林中。这个地方已经形成了完整的生态链。岸边有专门卖河鲜和海鲜的商店，有专门做按摩的小屋。客人只要有需要，船就可以随时靠岸。到岸上用印度传统方法，涂上精油，按摩一个小时，也是神仙一样的享受。

傍晚来临时，太阳西斜，天空和湖水被晚霞染成一色，湖里行驶的各种船只和两岸的椰树林，都被晚霞披上一片金黄。这是一种辽阔的美丽，鸟类无拘无束的飞翔形成了天地间美丽的剪影。船靠岸边，静静地看晚霞一点点退去，夜幕一层层降临，直到把整个天地都吞没进黄昏，你的心也跟着一点点暗下来，心里的空阔和虚无，如潮水般把整个人都淹没。天地无言，怆然涕下。

夜幕所带来的心里的孤冷，被湖面上亮起的一盏盏渔火所驱赶。我知道，每一盏灯下面都有一片温暖的存在，或是一家人的温馨，或是一群人的欢聚，或是一对人的依恋。在大自然的浩瀚无边中，人类历来就是微不足道的存在，但人活着之所以美好，就是在似乎无助的时空里，总能够用自己的情感挤出一条裂缝，让心里的那束光，去温暖另外一颗心。

夜，黑得无边，我无欲无求坐在椅子上，不知不觉已到半夜，露水打湿了我的衣裳。我回到房间，斜卧床上，听着湖水拍打船体的澎湃声，安然进入梦乡。

01

在行走的路上触摸世界

在行走的路上触摸世界 01

蒙娜小镇，印度的“世外桃源”

在来到蒙娜（Munnar）之前，我并不知道印度南部有这样美好的地方。从科钦（Cochin）下飞机，先在凡巴纳德湖的船屋上住了一个晚上，然后坐车到了蒙娜。

印度几乎没有高速公路，大部分都是普通公路，和中国乡间公路一样狭窄，汽车过村庄时我总害怕会撞上房子。但司机好像很老练，总能够化险为夷，一路穿过小镇、稻田、香蕉园、橡胶园，然后进入盘山公路。在汽车的摇晃中，我昏昏睡去，不知道过了多长时间，汽车戛然停下。睁眼茫然四望，发现四周已经是一望无际、高低起伏的绿色茶园。眼前一座雅致的宾馆，这是我们的住宿地“钱迪风的木屋”（Chandy Windy Woods）。

查了百度和维基百科，给自己普及了一下知识：蒙娜是印度南部喀拉拉邦的一座山城，海拔约1600米，最高峰阿纳穆迪峰（Anamudi）海拔2695米，是南印度最高山峰。蒙娜在当地语中的意思是“三条河流汇合的地方”，一听就觉得好美。18世纪，印度成为英国殖民地。南印度夏天热死人，英国人怕热，找到这个地方避暑，把蒙娜打造成了避暑胜地。在此之前，这座山只有野生动物和本地居民游荡其间，后来形成了一个小镇，小镇的名字就叫蒙娜。

英国人喜欢喝茶，不仅喜欢在印度喝，还要把茶叶运回英国。茶叶成为16~19世纪中西方之间最主要的贸易产品。刚开始，所有的茶都来自中国，运输道路远，而且白花花的银子流到中国，英国佬也不甘心。在发现蒙娜这个地方后，英国人觉得该地的气候很适合种茶。尽管在热带，但山高水长，气候湿润，温度宜人，阳光雨露充足。英国人发动当地人种茶，把森林一片片砍倒，野生动物一批批赶走，人口居住越来越多，很快这里就成了世界著名的茶园之一。后来英国人被印度人赶走了，但种茶依然是这里的主要产业，同时，这里作为度假胜地，一直热闹到今天。

这里最美的景致据说是雾笼茶园，云飘山谷，远山淡岚，细雨飘树。但这个时候是旱季，以上诗意的朦胧景色我都没有看到。不过，早上起来散步，看到阳光透过桉树林像金线一样缕缕照下，看到蓝天如洗，青山如碧，看到茶园翠绿，林木挺拔，还有农家升起的炊烟，远处传来的犬吠，足够让我感到好像置身世外桃源了。

在蒙娜山区开车转悠，第一个让我想到的地方是中国杭州龙井山，也是起伏的茶园、村庄和度假酒店点缀其间，沿街都是卖茶的小贩。一样的景致，不同的文化。那边是打着雨伞娇滴滴的江南女子，这边是穿着纱丽匆忙谋生的印度妇女。第二个让我想到的是中国庐山，庐山成为中国著名的避暑胜地，也是拜英国人和其他国家的人所赐。他们在庐山造了一栋栋现在还铭刻着历史和记忆的别墅，把庐山从中国的一座自然景色的文化名山，变成了一座以避暑度假为特色的山顶小镇。这个小镇在中国现代历史中起到了重大作用（蒋介石和毛泽东都曾把庐山作为自己活动的中心）。蒙娜的山间，也散落着当初英国人建造的各种别墅和度假村，现在当然都已归属印度人，小镇的特色也完全印度化了，但作为度假胜地，英国人还是喜欢来这里看看，带着怀旧的忧伤和心理上的失落。但来这里的中国人不多，交通不便、文化不通、饮食不调，也没有什么可凭吊的历史记忆，可能是中国人不来的主要原因。当然，山高水长，万里阻隔，也阻挡了中国人的脚步。

从更远处看小镇，山坡上错落有致，涂上各种色彩的房子，在阳光下温暖安宁；沿路小贩们的叫卖声，增加了很多人间烟火的热闹。离小镇不远，就能到达静谧的山区。那里有茶园，有森林，有险峰，有喧闹的瀑布和潺潺的小溪，还有碧玉般的湖泊和锦缎般的鲜花。唯一不能看的，就是路的两旁和河湖岸边遍布的垃圾。还有蒙娜这个名称来源的三条小河，好像很美的景致，但你千万别到跟前去看，那三条河汇在一起，被小镇排放的污水一搅和，已成了一条发黑的臭水河。

不过整体来看，蒙娜依然是一个与世隔绝的度假好去处。宾馆的设施很干净，环境也很清净；老百姓讲的话听不懂，干脆可以自娱自乐；手机信号很差，根本不能上网，尽管宾馆有Wi-Fi，但网速把我带回到了20世纪的2G时代。干脆放下一切，坐在阳台上，面对山峦叠翠，夕阳西斜，泡一杯当地采下的蒙娜茶，拿一本自己喜欢阅读的书（我带着陈晓卿的《至味在人间》，讲的就是吃吃喝喝，刚好应景），度一段悠闲的神仙时光。

对了，说到吃，在蒙娜小镇，我第一次用手来抓饭吃，咖喱和玛莎拉汁拌米饭，才两美元的价格，味道还真不错。米饭放在新摘的香蕉叶上，翠绿清爽。在印度吃饭要用右手，因为左手通常是用来洗屁股的。

每个汗毛孔都是咖喱味道

到一个地方去旅行，无外乎美景、美人、美食。到印度来，能够看到美景（文化古迹和自然景色并存），美人不常见，但要是碰上一个基本能惊为天人。大部分中国人到印度来，对于饮食尤其不习惯，每天都是咖喱做的汤汤水水，到最后每个汗毛孔都是咖喱的味道了。感觉印度的空气中，也飘浮着咖喱的味道。

在印度南部旅游了一个星期，已经餍足了清一色的印度饭菜，不是咖喱做的鸡，就是玛莎拉酱做的鱼。刚好我又一路读着陈晓卿的《至味在人间》，书中描写的种种中国美食，重庆小面、卤煮火烧、在马路边“大动干戈”手抓大棒骨什么的，弄得我不断吞咽口水，恨不能马上回到中国大快朵颐。

已经对印度伙食产生恐惧的我，最后一天在科钦，去了一个家庭饭店，叫作Nimmy & Paul，中文翻译成“尼米和保罗之家”。在这个家庭的吃饭经历，彻底改变了我对印度烹饪和美食的看法。此前我对印度饭菜没有抱太大的希望，认为大不了就是把所有的菜放到咖喱酱里去搅和，直到看上去鸡鸭鱼肉千篇一律，都泡在一种颜色中，就是印度菜了。就像本来明眸皓齿的美女，掉到了酱缸里一样。

尼米和保罗，顾名思义，是两个人的名字。他们是一对夫妻，标准的南方喀拉拉邦印度人，信仰天主教。科钦是印度天主教重镇。这里原来是西方殖民的门户，所以不少印度人皈依了天主教，沿路大小教堂不少。尼米是女主人，家庭饭店掌勺的，保罗是男主人，不管饭店事务，专门做股票生意。尼米是一个中等个儿的中年妇女，大概60岁左右，酷爱做饭。20年前突发奇想，开了家庭饭店。但她开饭店的方式与众不同，不是做好饭让客人吃，而是让客人从头参与到做饭的过程中，体会做印度料理的乐趣。有了参与，就有了欢乐。结果大受欢迎，名声传出，生意好得忙不过来，如果不提早预订，根本就排不上号。

我们一行是中午11点到达的。一个非常漂亮的家庭小院，房子外面是木地板的连廊，上面屋檐自然延伸，形成优雅的遮阳棚，院墙周围都栽种了芭蕉树等。环境清幽明快，室内室外地板上一尘不染，墙上和厨房各种物件有条不紊地摆放着，让人一下能够猜到，女主人是个整洁有序、治家有方的能手。后来和女主人熟悉后聊天，她说在她儿子成长的过程中，就要求孩子从小如果不叠好被子、不打扫干净房间，就不允许走出房间。由此养成了孩子有条不紊、干干净净的习惯，孩子做事情非常自律（self-disciplined），一路成长不需要父母担心。她儿子现在在新加坡一家银行工作，很有出息。

寒暄一番后，尼米开始演示做饭，我们也参与其中。她先一一介绍了印度菜肴里所用的各种香料名称，有十几个品种。除了咖喱、花椒等有限的几样，其他我完全记不下来。然后尼米展示了今天要做的菜，有鸡肉、老虎虾、鱼块、圆白菜、印度青豆五样。做菜的过程和中国人一样，先在锅里倒入油，再倒入调料，调料最多的是洋葱和大蒜，尤其是洋葱，几乎每个菜都必不可少。根据菜式的不同，倒入或粉末状或颗粒状的各种香料。凡是鱼肉类的，一定会放入一把新鲜翠绿、芳香扑鼻的咖喱叶。炒菜用的油，也根据不同的食料而不同，比如鸡肉用的是黄油，虾和鱼用的是椰子油。调料和香料倒入油中，慢慢煎熬，到变为金黄色为止，满屋子慢慢飘满了做饭的奇香。鸡块炒完后放入土豆慢慢炖煮，虾和鱼都用完整的香料烹煮，让香味慢慢释放到鱼虾之中。印度人做菜很少加水，尼米说，放水会把菜的香味稀释掉。

五道菜一个个做出来了，每一道菜都显得无比精致，和我们在饭店吃的，色香味不可同日而语。院子里的回廊上，已经铺设了很雅致的饭桌，有一个印度小伙子负责餐桌服务。菜是一道道上来的，先是一道汤，没有看到如何做出来的，好像是咖喱和南瓜的混合，随后就是我们参与制作（实际是观摩）的五道菜，一道吃完再上一道，香煎老虎虾，椰子油西红柿鱼块，两道蔬菜，最后是玛莎拉鸡块土豆。每一道菜都好吃得让人战栗，是味蕾的极致享受。餐后还有一道甜品——椰汁浸菠萝，把前面吃的油腻感觉一扫而光。可以说，这是一次餐饮之旅的极致享受。

一边做饭一边和尼米聊天，感受老太太对于做饭的热爱和用心。我问她有没有人做同样的生意和她竞争，她说有很多人模仿，但还没有人能超越："他们能够模仿我做饭，但是他们没法模仿我的用心和真正的热爱。"一句话把做生意成功的秘诀道尽。我问她有没有中国人来吃饭，老太太说有的，但直率说她不喜欢中国人。我问为什么？她说中国人来了喧闹，不守规矩，指手画脚，用不礼貌的口气说话，等等，所以她不喜欢接待中国人。我问为什么接待我们，她说："不知道你们是中国人，不过觉得你们懂礼貌，也很和善，所以让我感到很高兴。”我问有没有日本人来，她说有，日本人很好，懂礼貌，很谦虚。我真想告诉她，日本人表面谦虚的背后，实际是傲慢，是对“二战”罪行的死不道歉。但想了想，咽下了这口气，告诉她，中国人表面上横冲直撞，实际上心地善良，他们的大声喧哗，是表示开心和满意的最高礼仪！

出门的时候，我给了老太太一点小费。老太太很高兴，反复说：“抱歉，刚才说了不少中国人的坏话，其实也有很好的中国人。”我突然以小人之心，度君子之腹，心想：老太太那么说中国人，是不是因为很多中国人吃完饭，嘴巴一抹走人，没有给小费，才让老太太心存芥蒂，看中国人不顺眼呢？

吃最正宗的巴西烤肉

在巴西，美食方面，巴西烤肉自然是首选。对于我这样的肉食动物、饕餮之徒，听到烤肉两个字都会垂涎欲滴。

在国内或多或少吃过巴西烤肉，但味道实在不敢恭维，像烤得蹩脚的羊肉串，牛肉被烤得硬邦邦的，一点水分都没有，还夹杂着烤蔬菜糊弄。听朋友说过正宗的巴西烤肉好吃，当我说了国内吃巴西烤肉的感受后，朋友说：你到美国吃过中国菜吗？我说吃过呀，那味道除了想吐没别的。他说：那就对了，在中国吃巴西烤肉，相当于到美国吃中国菜。

由于心存对于巴西烤肉的念想，到了圣保罗（São Paulo），第一顿饭就选择了巴西烤肉。导游带我们去了Fogo de Chao烤肉店，据说是圣保罗特有名的一家。烤肉店很大，也很干净，英俊的小伙子拿着大烤肉来回穿梭服务。吃巴西烤肉的方式是：沙拉和凉菜放在餐厅中间的餐饮台上，客人根据喜好自取，烤肉由服务员拿上来，客人自己挑，不管吃多少都是固定价格，大块烤肉上来后，客人根据胃口和喜好让服务员切大块或小片。烤肉都是刚出炉的，香气扑鼻。牛肉分成各种不同的部位，前腿肉、后腿肉、下腹肉、牛峰肉，还有烤鸡肉、鸡心、羊肉、五花肉、香肠等。其中牛峰肉最珍贵，也最受欢迎。巴西白牛，腰脖上方有峰驼，这块肉最是肥嫩好吃。我也吃了一块，肥而不腻，松软可口。烤肉有几十种，令人目不暇接，第一次没有任何经验，上来就大块吃，结果一会儿就腹胀肚满，后面的肉就再也吃不下了。

到了里约热内卢（Rio de Janeiro），寻找胡续东《去他的巴西》里写到的“大猪头”烤肉店。他对里面的烤肉进行了诱人的描述。结果导游说“大猪头”烤肉店倒闭了，因为卷入了某个贪腐案件。巴西也是一个政府官员贪腐比较严重的地方，但巴西司法更加独立，所以一旦被查出来，就会受到加倍惩罚。我到访的这段日子里，恰逢巴西的总统因为贪腐受到弹劾。

没有了“大猪头”烤肉店，我们在导游的引导下去了另外一家名叫Churrascarja Palace的烤肉店。这家烤肉店的品种比圣保罗的那家更丰富，除了各个部位的牛肉和其他猪羊鸡烤肉之外，还增加了海鲜烧烤，有大龙虾伺候。沙拉和冷餐台上居然无限量供应新鲜牡蛎。这一次我有了经验，除了喜欢的新鲜生蚝多吃了几个（生蚝加上柠檬再加上塔巴斯哥辣椒酱，是绝对的美味），每上来一种肉我都要一小块，趁新鲜香喷喷热腾腾吃下去，那叫一个回肠荡气。再来一杯里约当地的生啤，人就飘飘然进入了神仙境地。

吃巴西烤肉，最主要的是烤肉质量，首先是原材料，只有巴西当地的牛，现宰现烤，才能烤出那种鲜嫩的味道。在中国，有些饭店所用牛肉来源不明，味道自然不正。在烤的时候，需要把握极好的火候，太嫩则鲜血淋漓，太老则味同嚼蜡。后来我在另外一家烤肉店吃烤肉，都烤得太过，乏善可陈。烤肉店的服务生也是一道风景，潇洒的小伙子们穿着深色的服装，拿着大块烤肉，手持锋利尖刀，麻利地把你要的肉切下来，动作非常优雅。大家到巴西，都睁大了眼找美女，其实迷人的小伙子更多。烤肉店特别适合女性就餐，因为在里面，服务生都是英俊小伙子。

到了巴西，如果没有吃过正宗巴西烤肉，就相当于到了北京，没有吃过正宗北京烤鸭，等于白跑了一趟。人生走过，总要留下点记忆，而味道的记忆，总是醇厚而绵长。

尝尝食人鱼

亚马孙河里有很多鱼，其中最出名的就是食人鱼，也叫食人鲳。食人鱼是中国人的翻译，学名叫锯脂鲤（Piranha）。食人鱼常常让人谈鱼变色。在亚马孙河里，最可怕的是两种动物，一是鳄鱼，一是食人鱼。

刚到亚马孙河边，连水边都不敢去，怕鳄鱼袭击，怕食人鱼咬。后来发现当地人还在河里游泳，感到很惊奇。我问他们怕不怕鳄鱼和食人鱼，他们说，鳄鱼一般在岸边草丛里才袭击人，食人鱼一般也不随便咬人，除非身上流血了或者有伤口，才可能会引来食人鱼的攻击。我本来也想跳到河里试一下，给自己留下一次在亚马孙河里勇敢游泳的记录，但看看身上的蚊子红包和上个月撞伤刚结疤的伤口，内心的恐惧还是压倒了勇气，告诉自己别逞能，最终没敢下水。

下午，当地导游说安排去钓食人鱼，我想这是了解这种令人恐惧的鱼类的好机会，于是拿着钓竿和大家一起开船出去了。钓鱼的地方是著名的黑水河，也叫内格罗河（Negro River，Negro是黑的意思），是亚马孙河最大的一条支流。河水泛黑，是因为热带雨林大量的树叶长期泡在水中所致。钓竿就是一根小竹竿，上面挂着鱼钩，和我们小时候钓鱼的方式几乎一样。我们小时候也是拿一根竹竿，线头上挂上用缝衣针弯成的鱼钩，串上蚯蚓，就到河里去钓鱼了。当然钓的不是食人鱼，而是鲫鱼、鲤鱼之类的。这里的鱼钩上，挂的是切好的牛肉，放入水中，等食人鱼上钩。

食人鱼是成群结队的，很少单独行动。如果食人鱼落单了，就会变得很胆小，没有战斗力，通常不会发起攻击。但如果是一群，就会变得极其凶狠，攻击力极强。印第安人赶牛过河的时候，为了防止一群牛都受到攻击，会把其中一头老弱的牛划上几刀，先推到水里，等所有的食人鱼都去围攻这头受伤的牛时，再把其他的牛迅速赶过河水，很有点丢卒保帅的味道。不知道那头送命的老牛，有没有感到为了牛民们的利益牺牲自己的悲壮。

食人鱼也不是那么好钓的，要碰到了鱼群才行。水流急的地方一般不会有，食人鱼常常待在树荫底下，水面平静的地方。但这样的地方也不一定有鱼。我们最初试了几个地方，一条都没有钓到。艳阳高照，临近赤道的太阳直射下来，紫外线充足，结果一会儿就把皮肤晒坏了，又痛又痒。想想要是一条都钓不着，这一趟实在太不合算，又换了两个地方，结果在快要放弃时，鱼钩突然开始上下浮动，明显有鱼在咬钩。估计有一群鱼刚好游到这里。但食人鱼也很狡猾，把钩子周边的肉咬掉，却不上钩。我们不断更换新的牛肉，耐心等着，最后终于有几条笨鱼连钩子一起咬了，钓上来几条食人鱼。食人鱼看上去很小，20厘米都不到，黑背红肚，有点像我们的武昌鱼，除了尖利的牙齿，一点都不凶狠的样子，甚至有点可怜巴巴。在最初的兴奋过后，我建议重新把鱼放回河里，结果向导说食人鱼是印第安人的常用鱼类，就像中国人吃鲫鱼一样，一定让我带回去尝尝。

我和向导说，我把食人鱼带回去吃，万一这些食人鱼吃过人怎么办呢？向导说，其实食人鱼的日子并不好过，它们游的速度比其他鱼慢，视力又不好，所以单独攻击其他鱼类几乎没有成功的希望，这也是它们成群结队的原因，这样一旦碰到猎物，集体行动成功的概率就会高很多。电视中看到的食人鱼一哄而上，把一只动物几分钟吃完这样的场景，是很少见的。吃人的事情，就几乎不可能了。食人鱼等着其他动物落水饱餐一顿，就像渔民等着鱼跳上船一样，是十分小概率且不可预期的事情。

向导的一番话，让我放下心来。最后我们把两条小的放生了，剩下的带回了丛林中的度假村。度假村很乐意加工食人鱼，看来常做这样的服务。厨师先把头切掉半个，免得尖利的牙齿伤人，然后开肚破肠清洗干净，撒上香料在油里煎炸。不一会儿，一盆香喷喷的食人鱼美食就出来了。我要了一瓶啤酒，坐在河边的餐厅里，一边看着夜色中宽阔的黑水河，还有远处的渔灯点点（游客在向导的带领下在河边草丛里找鳄鱼），一边品味着食人鱼。食人鱼鱼刺不多，肉质鲜嫩，吃上去细软可口，果真是下酒的好菜。

我曾经看过一个电视纪录片，讲的是食人鱼在丰水季节，藏在水里，成群结队对来水边休息的鸟类进行攻击，常常几秒钟就把一只鸟吃得只剩羽毛；但等到枯水季节来临，河水变成了一个个浅水坑，没有来得及撤退的食人鱼，反过来成了鸟类的美食。大量的鸟飞过来，慢悠悠地、报复性地把一条条食人鱼撕开吃掉，最后留下满地的鱼骨头。这也许就是大自然循环的力量，你我之间的生死搏斗和生死依存，就这样千万年上演着。

可是，我既不是鱼也不是鸟，我吃食人鱼，除了嘴馋，没有别的理由。因此，我对自己生出了很多鄙视，觉得自己加入了破坏生态平衡的行列。正在自己看不起自己的时候，向导过来救了我。他说：食人鱼是一种繁殖速度很快的鱼类，也没有太多的天敌，常常把老百姓的牛吃掉，你们来吃掉一点食人鱼没有问题。你们中国人什么都能吃，其他国家的人不行。我心想，嘿，连这个他都知道，看来中国人吃货的名声已经传遍全世界了。听了向导的话，心里那点吃鱼的内疚感也就烟消云散了。

里约风情

巴西人很少说里约热内卢，他们就说“Rio”，里约。

自从动画片《里约大冒险》（*Rio*）播出之后，中国人民都知道了里约，全世界人民也知道了里约，那是一个美丽浪漫、鸟语花香的城市。

到巴西前，我没有看过《里约大冒险》，到了巴西，趁着晚上倒时差睡不着，把《里约大冒险》1、2两部都看了。第1部以里约为背景，第2部以亚马孙热带雨林为背景，估计还会出第3部，会以伊瓜苏瀑布（Cataratas del Iguazú）为背景。那只“邪恶”的白色鹦鹉还留着，就是为第3部做准备的。

《里约大冒险》给人的印象，就是巴西到处都飞着美丽的鸟儿，彩色的鸟儿和蓝色金刚鹦鹉，一起在树枝上舞蹈。到了巴西你就会知道，在野外看到鹦鹉，那是太难得的事情了。别说在里约这样的城市里，就是在亚马孙雨林里，看到美丽鸟儿的机会也不多。我们在亚马孙河上，看到一只鹰停在树枝上，就惊喜了半天。当然叽叽喳喳的普通热带小鸟还是很多的。真正看到大量的热带鸟类，是在伊瓜苏边上的一个鸟园。这个鸟园是一对法国夫妇建起来的，最初是为了收留受伤的鸟，现在发展成了热带鸟类最齐全的鸟园之一。在一个巨大的鸟笼里（人可以进去），彩色的和蓝色的金刚鹦鹉在头顶上成群结队地飞，发出刺耳的聒噪之声，和动画片中描绘的高雅温柔聪明的布鲁，完全不是一回事。

《里约大冒险》对于里约的美丽用尽了笔墨，描绘了一座人间天堂的美丽城市。里约确实是一座美丽的城市，在我走过的城市中，能够和里约比美的城市不多。如果拿中国的城市来比较，里约有点像青岛和杭州的合体。美丽的伊帕内马海滩（Ipanema）和科帕卡瓦纳海滩（Copacabana），绵延几千米，有着月牙形的美丽，白沙细腻，海浪奔涌，很像青岛的浴场沙滩，但更加明媚和宽阔。而里约城里的内湖和环绕的山岭，又很像杭州的西湖及周围的环境。里约山峰的形状各有特点，形状各异，有科尔科瓦杜山（Corcovado，也称“基督山”，有一座十字基督雕像耸立在上面），面包山（Sugarloaf Mountain，又名塔糖山，因形状像法国面包而得名），兄弟山（Dois Irmãos或Two Brothers Hill，两座山的山头像两兄弟背靠着背），平顶山［罗赖马山（Roraima Mountain）的一部分，山顶非常平整，许多游客在山顶进行滑翔伞运动］等。这些山峰和里约的城市融为一体，形成了自然和人文的完美结合。

对于旅游者来说，里约确实是一个浪漫之都，在漫长的沙滩散步或者跑步，在海边冲浪和日光浴，在酒吧消夜和调情，爬科尔科瓦杜山看里约全景，登面包山看壮丽的日出或者日落，在里约的古城漫步，在烤肉店吃鲜嫩牛肉，或者无所事事在海边看前挺后翘的美女奔跑嬉戏。但对于当地人来说，里约是一个天堂和地狱结合的城市，在里约美丽的后面，有世界上最大的城市贫民窟，生活着世界上最无望的上百万人，他们的基本生活设施没法保障，没有工作，黑帮们常常火拼，毒品泛滥。有意思的是，几乎所有的贫民窟都建在山上，沿山坡排立，很像中国的山城。这些贫民窟的居民，大部分从窗户里都能够看到里约美丽的全景，而富人们住在山下和城里，反而什么也看不见。当初奴隶制还未废除的时候，主人们没有地方给奴隶住，就把他们赶到了一无所有的山上，成了现在贫民窟的雏形，也给了贫民窟居高临下、满眼风光的地理优势，算是上帝对于生活在贫困中的老百姓的一点奖赏吧。

大家想到巴西，就会想到狂欢节。其实巴西狂欢节一年也就4天时间，在二月中下旬举行。那个时候整个巴西举国欢庆，以里约为首，男女之间各种毫无禁忌的浪漫行为层出不穷，未婚、已婚的乱作一起。据说每次狂欢节时，人们急需的避孕套要用汽车装。到狂欢节之后的10个月，是巴西的生育高峰，很多没有结婚的女孩就把孩子生下来了。巴西男女比例失调，女生比男生多出3%，女生太多，男生太少，刚好和中国相反，中国男生太多，女生太少。也许应该把中国的男生“出口”到巴西来，或者把巴西女生“诱惑”到中国去，这样可以增加国际合作，平衡男女比例？巴西人整体对中国印象很好，也算是很好的结合吧。

平时的里约是一个平静而又浪漫的城市。在这样的城市里，不适合来去匆匆游览，而是需要花一段时间居住或者度假，用一种悠闲慵懒的心情，在海边的遮阳伞下，要一杯鲜榨果汁，或者举一杯巴西啤酒，边喝边看眼前的白浪滔天，顾盼来回走动的窈窕美女，听听与你无关的城市喧嚣，把人生的痛苦和烦恼暂时抛却。

对了，那个有名的故事，据说就发生在里约的科帕卡瓦纳海滩。一个美国富人问躺在沙滩上晒太阳的流浪汉：“这么好的天气，你为什么不出海打鱼？”流浪汉反问他：“打鱼干吗呢？”富人说："打了鱼才能挣钱呀。"流浪汉问："挣钱干吗呢？"富人说："挣来钱你才可以买许多东西。"流浪汉又问："买来东西以后干吗呢？"富人说："等你应有尽有时，就可以舒舒服服躺在这里晒太阳啦！"流浪汉听了，懒洋洋地翻个身，说："我现在不是已经舒舒服服躺在这里晒太阳了吗？"这个故事，确实形象地把巴西人的个性写了出来，那是一种慵懒的、游戏人生的自在，一种非物质的幸福。

不丹人的世俗幸福

在不丹旅游，尤其是走在乡间，你会发现很多人家的墙上都画着男性生殖器，有各种形状和颜色，有绕着丝带的、鲜花环绕的、蛟龙盘旋的，甚至还有上面长着眼睛的，但无一例外都是刚强挺立的形状，描绘得非常逼真，一点朦胧掩饰的意思都没有。很多工艺品商店里，也摆放着大小形状不一的生殖器雕塑。我刚看到这些图画和雕塑，觉得有点无所适从。这与我对不丹的想象大相径庭。不丹是一个藏传佛教国家。尽管藏传佛教中的密宗对欢喜佛很重视，但除了个别庙里有欢喜佛的塑像外，我在西藏从来没有看到过有人明目张胆把男性生殖器画出来。

更加有意思的是，不丹的男男女女，在这些画在墙上的巨大男性生殖器前面走来走去，好像一点也不在意。我清晨起来到村庄散步，发现上学的孩子们很早就要出门，6点半就从家门蹦蹦跳跳出来往小镇走。有的家门口两边就是巨大的生殖器图画，孩子打开门就从图画中间走出来。在路上，孩子们完全无视这些连成片的图画。那些看上去已经上高中的青春少女，从这些图画中走过也没有一丝扭捏，目光流盼之间，看到这些图画如同看到旁边同时画着的龙、虎、鹿、凤一样，干净而清爽。老人们坐在图画下面聊天，和中国大部分的农村老人一样，认命而安详。

不知道这一传统是从什么时候开始的。我大略翻阅了一下资料。据说“始作俑者”是竹巴衮列（Drukpa Kunley）。竹巴衮列在不丹被称为“圣人”。他辗转于中国西藏和不丹之间，力劝追随者摒弃尘世虚伪和贪婪，追求诚实、空灵的生活。他主要的行为就是以性交的方式传道和给信徒祝福，整天和女人喝酒唱歌做爱。据说他在那方面法力无穷，永不枯竭。他的另外一个法号是“五千女人的圣使”，大概是想说他和至少5000名女性发生了性关系。不丹人对他很崇拜，给他建了一座庙——切米拉康（Chimi Lhakhang，位于普那卡境内）。到今天庙里的香火还很旺盛，成为专门用来求子的神庙。不丹想要生子的家庭，从四面八方赶来祭祀香火，磕头朝拜。而竹巴衮列的塑像就坐在上面，下体裸露，戴着一根夸张变形的生殖器。主事的喇嘛会拿一根木质的生殖器模型敲在你的头上，以示对你的祝福和对你生殖能力旺盛的许诺。

从历史上看，这一传统的盛行，不是一个喇嘛能够做到的，一定还有其他重要的因素。在不丹历史上，男女之间的爱情和婚姻关系一直是比较宽松的。很多地方都曾经实行一妻多夫制或者一夫多妻制，甚至到今天还有这种情况。已经退位的第四任国王吉格梅・辛格・旺楚克（Jigme Singye Wangchuck），就曾娶了一家四姐妹做老婆。这种情况的出现主要跟不丹严酷的地理环境有关：到处都是高山大河，环境闭塞，物质缺乏，人口稀少。人需要做的就两件事，一是自己活下去，一是努力繁衍后代，不管是多妻还是多夫都是为了这两个目的，多生孩子并且养活孩子是最重要的事情。所以在不丹，女性的地位实际上高过男性。过去，结婚时男性要到女性家里去入赘，而且财产继承也只给长女。但男性的强壮，对于使妻子怀上健康的孩子极其重要，因此，健壮男性与健壮生殖器的关联就非常自然而紧密，对于生殖器的崇拜也许就这样出现了。

生殖器的内涵也在转变，不丹人看到这些图画，内心可能不再会想到性的一面，而是想到更有象征意义的其他方面。画在墙上的这些画，据说能够挡住任何妖魔鬼怪进入家门。不丹有这样的说法：你如果遇到恶魔，把“小弟弟”掏出来抖抖就没事了。很多不丹的司机都把生殖器形状的钥匙圈挂在车上或放在身上，这样能够保证他们行车一路平安。

其实，人就是一种少见多怪、多见不怪的动物。我从第一眼看到的惊诧莫名，到后面习以为常，再到后来视而不见，也是一个并不漫长的过程。我想大部分不丹人一定也是习以为常、视而不见的。老祖宗传下来的，就接着往下传呗。但在向世界开放的过程中，不丹也在变化，在廷布（Thimphu）的街头，我好像就没有见到任何画着男性生殖器的建筑，只有工艺品商店还陈列着各色木雕。我现在反而有点担心，随着不丹融入世界，这一传统最后会消失殆尽。如果真的发生，那是一件超级可惜的事情，因为人类本来就应该在多样性的文化中，才能活得更加真实和幸福。

不过，我自己留下了一个小小的遗憾，由于提前做的功课不足，所以不知道切米拉康在不丹人心目中的重大意义。由于时间所限，我必须放弃一个景点时，我毫不犹豫放弃了切米拉康（导游说是个小庙，不丹的庙实在太多了）。等到回过神来，我已经离开切米拉康百里之外。看来我确实与“性福”无缘，近在眼前都白白错过了。

左岸书香

女儿约我，和我一起去左岸的书店逛逛。孩子对书店感兴趣，让我十分开心。

左岸的书店，全球闻名，最有名的是“莎士比亚书店”（Shakespeare & Company），创始人是西尔维娅·毕奇（Sylvia Beach）。

毕奇是美国人，20世纪初来到巴黎后，就喜欢上了巴黎文化，最终决定在巴黎圣母院隔岸的地方开设一家书店，开门就能够见到巴黎圣母院的全景。因为对莎士比亚的崇拜，就起名为“莎士比亚书店”，实际和莎士比亚没有太多关系。她经营书店不是为了挣钱，而是为了聚会。第一次世界大战后，全世界的很多文人骚客都流荡在巴黎，书店就成了他们聚会的场所。毕奇提供了宽松的环境和周到的服务。与其说这是一家书店，不如说是一家沙龙。

法国有沙龙的传统，最初起因是法国的名媛贵妇百无聊赖，就请一些文人精英到家里聊天，久而久之形成了一种文化，对法国乃至世界的文化艺术产生了很深远的影响。中国也出现过这样的沙龙，主要代表人物是林徽因。20世纪二三十年代，中国在“五四”新文化思潮的吹拂下，北京的一批知识精英思想活跃。林徽因美貌天成，在西方留学过，思想和个性都很开明。她利用聚餐、茶会组织沙龙，邀请胡适、梁实秋、徐志摩、闻一多、梁思成等一大批有识之士参加，大家自由自在，纵论古今，谈天说地，在一起彰显学识，追寻人生。更加重要的是，一些伟大的思想就从这里发芽生根了。这批人在民国和抗战时期，在艰苦条件下互相勉励，为抗日救亡和学术发展做出了重大贡献。当然也有人看不惯这样的聚会，冰心就写了一篇小说《我们太太的客厅》来讽刺这样的聚会。结果是中国两位著名的才女，从此老死不相往来。

回到毕奇。自从毕奇开了书店后，一时间，谈笑有鸿儒，往来无白丁。海明威、菲兹杰拉德、乔伊斯、斯坦因、纪德、艾略特……云集于此。毕奇一生做得最伟大的事情，就是认定乔伊斯的《尤利西斯》（*Ulysses*）是一部伟大的作品，费尽周折、冲破重重阻力，使得其公开出版。这是世界文学史上的伟大成就。尽管后来毕奇和乔伊斯两人因为版税问题闹得不欢而散，但这件事情本身依然成为业界美谈。后来，毕奇出版了回忆录《莎士比亚书店》（*Shakespeare & Company*），留下了一段书店佳话。今天的莎士比亚书店几经转手，和毕奇当时的书店已经没有太多关系，只不过都在同一个地点而已。现在的莎士比亚书店，更多的是一个旅游景点，往来已经没有鸿儒，参观者常常会有白丁。

一个地方的伟大，不是因为地点，而是因为在这里的人。一个书店是这样，一个国家也是这样。国家的伟大，不是因为地大物博，而是因为这个国家有伟大的人。比如法国有卢梭、伏尔泰和雨果等，美国有华盛顿、林肯、马丁·路德·金等。南非因为曼德拉而伟大，哥伦比亚这样一个小国家，因为小说家马尔克斯而伟大。中国的伟大，更多的是因为有老子、孔子、李白、杜甫等这些文化人物，而不只是那些走马灯一样你方唱罢我登场的帝王将相。

我和女儿在书店里面逛了一会儿，感觉就是一个普通书店，往昔的光荣已经远去。这里的特色是在售的都是英文书。女儿想买法文版的《第二性》（*Deuxieme sexe*），但店里面没有。我们出来，在不远处找到了一家巴黎最大的法文书店，叫“吉伯特·约瑟夫和年轻人”（Gubert Joseph et Jeune），居然占据着两栋大楼，每栋

6层，里面满满的书籍。买书的人也熙熙攘攘，和中国不少书店现在门可罗雀的现状形成了鲜明对照。

我女儿法语还可以，和服务员沟通，找了半天，终于找到了法文原版的《第二性》，兴高采烈地买了下来。看到女儿能够读英文、中文、法文三种语言的书，而且越来越喜欢读书，我心里还是很欣慰的。

买完书，天色已经暗下来。华灯初上，在橘色的灯光下，巴黎左岸显得柔和温馨。路边的咖啡店和糕点房，散发出咖啡和烤蛋糕的香味。这些味道，和左岸的书香混在一起，给人类孤独的灵魂，营造了一种可以安心栖居的温暖环境。这也许就是巴黎令人流连忘返的原因吧。

02

在四季的风中

拥抱自然

奈瓦沙湖畔的遗憾

奈瓦沙湖（Lake Naivasha）位于东非大裂谷之内，是肯尼亚唯一的淡水湖。

从博戈里亚湖（Lake Bogoria）到奈瓦沙湖，有150千米左右的距离，依然是颠簸的柏油路。凡是路边上有村庄和房子的地方，路上都会有隆起的障碍坡，以防止汽车速度过快。有些地方的坡度是如此密集，几乎汽车刚提速就需要踩刹车，就这样走走停停，到中午时分我们到达了入住的宾馆，名叫“东非大裂谷宾馆”（The Great Rift Valley Lodge）。这个宾馆要从公路上开进去一大段土路，颠簸折腾30分钟后才能到达，到达之后我们发现宾馆坐落在一个山顶上，环境优美，四面看去，景色非常壮观。

在宾馆入住并吃完午饭后，再沿着土路开出来，40分钟左右到达奈瓦沙湖边。该湖位于东非大裂谷里面，但属于东非大裂谷比较高的地段，海拔高度1884米，因为四周有更高的山脉，所以相围成湖。我们到达时间为下午2点左右，天上布满云朵，但依然有阳光从云缝间钻出来照耀着湖面，浩渺的水面因此熠熠闪光。奈瓦沙湖面积达到139平方千米，是一个非常大的湖。站在湖岸边上，极目远眺，很有范仲淹描写洞庭湖的感觉："浩浩汤汤，横无际涯；朝晖夕阴，气象万千……上下天光，一碧万顷；沙鸥翔集，锦鳞游泳；岸芷汀兰，郁郁青青。"

尤其是最后4句，几乎是奈瓦沙湖的精确描写。奈瓦沙湖上，栖居着400多个种类的水鸟，可以说是水鸟的天堂。现在在中国野外已经基本见不到的鸟类，鹈鹕、鸬鹚、白鹳、黑鹳、白鹭、黑鹭等，在这里成群结队。不知道这里有没有沙鸥，但是像海鸥一样的鸟也经常结伴而飞。就湖里的鱼类而言，当地土生土长的鱼有多少种我不知道，但2001年外来的鲤鱼被放进了湖里，结果茁壮成长起来，现在湖里的鱼有90%已经变成了鲤鱼，一方面破坏了当地鱼类的生态平衡，另一方面因为鲤鱼长得快，也为鸟类提供了更多的食物。鲤鱼在中国又称锦鳞，所以范仲淹的"锦鳞游泳"，在这里真是名副其实了。湖的四周有各种杂树野草，"岸芷汀兰，郁郁青青”，开放着各种颜色的花朵。岸边浅水区，我们俗称“水葫芦”的凤眼莲一望无际，浅紫色的花朵正在怒放。

游客到奈瓦沙湖来，最主要的目的有两个：一是观鸟，这需要有点鸟类知识，否则看不出什么，像我这样的门外汉，就只能以看鸟的飞翔和听鸟的鸣叫为乐趣了；第二就是来看河马，河马的主要栖息地在马拉河里，但这个湖里也有一群河马生活着，悠闲地泡在湖里过着舒适的日子。河马是食草动物，白天在水里待着，晚上就会上岸来吃草。在非洲很多地方，河马常常是和鳄鱼待在同一条河里的，因为河马体积庞大，鳄鱼很少敢进攻河马，即使是小河马也不敢动。我曾看过一个电视纪录片，拍摄的是一条大鳄鱼如何乖乖地把一只小河马送到老河马身边的镜头，看来动物世界永远是一个弱肉强食的世界，鳄鱼智商再低也懂得这个道理。河马一般脾气比较温和，但是在几年前，这个湖边曾经有一个女孩被河马咬死了，原因是晚上河马上岸吃草，她用闪光灯相机照相，而且越走越近，结果惹恼了河马，一口把她咬死了。

在奈瓦沙湖，我留下了两个遗憾：第一个遗憾是没有带大的相机来，当各种鸟类在湖上飞舞的时候，没有大相机，根本就拍不下来它们优美的舞姿；第二是没有安排住在湖边上的宾馆，这样可以晚上看到河马上岸来吃草的情景。我们坐船在湖上转了一圈，只看到了几个河马露出的脑袋，和我们远远对视了一下，就潜回到水里去了。让我们看一下头，算是给足面子了。

晚上回到宾馆，吃完晚餐在宾馆外面散步。外面没有灯光，半个月亮皎洁如玉（这天是农历六月初八），天空几朵白云自由飘荡。清澈的黛色天空中，众多星星闪烁着钻石般的光芒。在北半球的天空能够看到的熟悉星座，在这里已经找不到踪影，但不同的星星，带来的是同样的苍茫心情。沿着月光下的道路走去，两边树丛茂密，草地如茵，各种昆虫的鸣叫声此起彼伏，空气中充满了树和草的味道。远处有不知名的动物在一长一短地应和，让人有毛骨悚然之感，如此辽阔孤寂之夜，让人在野外不敢久待，我们匆匆走了一圈后，就回房间休息了。

寻找马萨伊马拉草原

开过3个小时高低不平的柏油路，还有3个小时剧烈颠簸和沙尘弥漫（汽车扬尘）的泥石路，我们的丰田越野车终于到达了著名的马萨伊马拉草原，非洲著名的野生动物天堂。一路上过村庄、农田、牧场，再到一望无际的大草原，野生动物离我们越来越近，空气中除了草的味道，已经有动物的味道了。在寻找宾馆的路上，我们已经看到了散落在草原上的汤姆逊羚羊、角马、斑马等温顺的食草动物。可能因为在草原的边缘，路上还有人骑摩托车，食肉动物不经常出现，所以这些温顺的食草动物就显得格外宁静安详。

宾馆需要寻找，也是意料之中。草原上宾馆与宾馆之间都相隔20~60千米不等的距离，都在四不着边的地方。而且完全是土路，基本没有指示牌，偶然有一个指示牌也小到了让人非常容易疏忽的程度。到宾馆的路基本上是在草原上压出来的车辙，而且常常有分叉出现。真佩服黑人司机对于道路如此熟悉，简直和动物一样“嗅觉灵敏”，驾轻就熟就到了宾馆。宾馆名称叫作“费尔蒙特·马拉·莎福瑞俱乐部”（Fairmont Mara Safari Club），坐落在著名的马拉河边上。大家一定会想象宾馆很豪华，实际上，宾馆的所有房间都是帐篷式的，只有餐厅、咖啡厅是木头房子。餐厅外面沿着马拉河建了一个木地板平台，可以直接俯瞰马拉河，看河里的河马在水里起起伏伏，呼吸或者游泳。帐篷里面的设施还算可以，有床、卫生间、洗澡房。帐篷也坐落在河边，我们刚进帐篷，河边树上的黑色猴子（不知道名称）就来掀帐篷的门帘了。我赶紧把帐篷的拉链拉上，免得猴子走进房间制造混乱。

安置好房间后，下午3点我们开车去草原看动物。进入草原，动物就变成了一群一群的，成群的斑马、角马、羚羊、野牛等在草原上游荡，也看到了两群长颈鹿，每群5~6只，应该是两个不同的家庭。在经过3个小时的寻找后，我们终于看到了狮子。除了非常普遍的成群的食草动物外，食肉动物其实是非常难找的。食肉动物非常隐蔽，或待在树丛里，或伏在草丛中，基本上用肉眼看不到。我们的汽车经过两头狮子，其实也就距离10米不到，可是在草丛中就是没有看到，等到转了一大圈回来，发现另外一辆汽车在看狮子，我们才发现它们就在我们刚才经过的地方。这俩狮子一公一母，在这里休息、交配，应该停留了一个小时以上。因为食肉动物的隐蔽性，一路上任何人都不准下车，即使拉屎撒尿也不行。说不定你撒尿的时候，狮子就从前面或者背后扑上来了。

看完动物我有几点感受：

首先，平静的草原背后，处处充满杀机。那些食草动物表面上很平静，悠闲地吃草，实际上每分钟都在警惕着，连睡觉都是站着的。它们站在一起的时候都是相对而站，这样互相看四周没有死角。它们的生命随时会受到威胁，同时也养成了两种本领：一是反应极其灵敏，躲避速度极快；二是繁殖能力都比较强，种群数量就比较多，避免被吃光灭绝。

其次，群体的力量永远比个体的力量强大。除了喜欢单独行动的豹子之类的动物之外，几乎所有的动物都是群体行动的。草原上的动物一旦落单，基本上性命不保，甚至包括狮子，如果落单并且身体虚弱，也会受到别的动物攻击。群体动物落单，一般有以下几个原因：一是和群体走丢了，别的群体又不接受（即使同类的动物也通常不接受），就只能落单了。二是雄性动物为争夺霸主地位打架，失败了就只能落单（这件事情让我印象深刻，在草原上雌性动物落单的很少，多数是雄性动物。对于雄性动物来说，在种群里只有两个选择，要不就打斗成功成为头领，要不就争雄失败成为流寇；而雌性动物不需要有这样的选择，她们只要在群体中，不需要争霸，也通常不会被驱逐。由此，我想到人类的种种行为，到今天也没有摆脱动物的天性。男人其实只有成功和失败两条路，成功的男人被众星捧月，失败的男人被视而不见。当然现在的男人成功有多个维度，并不是有钱有肌肉就是成功，可以是艺术的成功、体育的成功、思想的成功、经商的成功、从政的成功；但成功的男人毕竟是少数，多数人是在寥落中度过一生的。女性从本性上会寻找成功的男人，和雌性动物一样，是寻找安全感的本能。人类的本性依然和动物界很一致，所以男人没有办法不拼命啊！）。三是在群体里做了不好的事情，比如不守规矩，被群体驱逐出来后只能落单。动物一旦落单，尤其是食草动物，结果通常只有一个，就是被食肉动物吃掉。在草原上看到那些落单的动物，形影相吊，孤独天地间，那种强烈的苍凉和绝望感会瞬间涌上心头。

再次，食肉动物的日子也不好过。看到狮子，我想到的不是电影《狮子王》（*The Lion King*）中的威武，而是我们常讲的一个故事："在辽阔的非洲草原上，每当太阳下山的时候，羚羊和狮子都在想着同一件事情，明天如何跑得更快！羚羊跑得更快是为了生命，狮子跑得更快也是为了生命……”其实狮子捕食成功是非常不容易的事情，据说每10次捕食，大概只有1~2次的成功率，食肉动物一旦体虚追不上动物，就会被活活饿死。不过我们看到的几头狮子都还比较自在，可能现在食草动物比较多，捕食不是那么困难。我们经过一片小树林的时候，隔着一条小沟看到一只狮子带着三只刚出生不久的小狮子趴在树下，当时刚好下大雨，小狮子趴在母狮子身上。我们的司机一不小心，车的前轮陷入了裂缝，司机拼命加油后退，发动机的声音让母狮子瞬间警惕起来，立刻把小狮子藏到了树丛后面，然后坐起来一直注视我们。倒霉的是，车轮就是出不来，谁也不敢下车去看看是怎么回事，直到另外一辆车开过来，司机壮着胆下车看了一下情况，才终于把车开了出来。当时如果狮子跳过来，只要轻轻一跃，就能够跳到司机身上，司机下车时，我们手心都捏了一把汗。

最后，所有的动物都有坚韧的个性。它们经受着大自然生生死死的考验，在艰苦的环境中繁衍生存，创造了一个充满竞争也展现活力的动物社会。要是没有人类的干预和猎杀，对于动物本身来说，生态平衡和生命的多样性从来就不是问题。

傍晚时分，我们在草原上遇到了一场大雨，温度下降，空气中充满寒意。当我看到大雨中所有的动物，包括狮子、斑马、角马、野牛、长颈鹿等，在天地一片苍茫间，都在雨中昂头挺立，一动不动的身姿，我的眼泪几乎是一下子喷涌而出。

晚上睡在帐篷里，听到外面河马浑厚的吼叫和喷水声，还有猴子从一棵树跳到另外一棵树上的声响，想着这个宾馆占据了这么巨大的一块地方，用铁丝网一围，就把所有的动物隔绝在了外面，人类以残忍的速度在侵占着动物的家园。而像我这样的人，带着好奇心来到动物王国，是不是也成了侵占动物天地的帮凶？因为这一念头而变得郁闷的我，一抬头发现帐篷的帆布上，一只壁虎正一动不动地看着我。它发现我也盯着它时，倏忽一下，跑到地上不见了。

从200米高空看草原

听说坐热气球看到的非洲草原，别有一番壮观，所以我们决定去坐热气球。经营热气球的公司离我们住的宾馆有60千米的距离，为了赶上6点钟升空的热气球，我们凌晨4点就从宾馆出发了。4点钟的夜还是一片漆黑，一抬头发现星光满天，就知道今天赶上一个能够在热气球上看日出的好天气了。

开车来接我们的黑人司机叫彼得，典型的英文名字。我们问他的当地姓名，他说了一串，我根本记不住。4点钟开车出发，车灯不是很明亮，直接就冲到了草原无边无际的黑暗中，路上还能偶尔看到小动物从车灯前跑过。我一路和司机聊天，知道他在草原工作了10年，为热气球公司开车接送客人。这可不是一件轻松的活，因为距离很远，常常要半夜2点就出发去接人，收入也并不多，每个月大概1万肯尼亚先令，相当于才100美元左右（不知道是不是听错了）。他说他的老板是印度人，很会做生意，但给他们的钱很少。印度人在6~7世纪时就已经登陆了肯尼亚的海岸，开始定居、做生意。由于印度人的聪明和勤奋，这块土地的资源和财富很快就集中到了印度人手里，一直到今天某种程度上还是这样。他说老板给他这点钱很少，养家都很困难，我就问他家里有多少孩子，他说有7个，是两个老婆生的。我突然想起来肯尼亚允许一夫多妻，就问他是不是两个老婆都和他生活。他说是的，一夫多妻的主要是马赛人，马赛人中的有钱人常常能够娶到20个妻子，其他黑人还是以一夫一妻为主。我问他为什么要娶两个老婆，他嘿嘿一笑没有回答，只是说孩子大的24岁了，小的10岁，大部分孩子都是第二个老婆生的。我在想是不是大部分黑人都是走到哪里算哪里的人，结婚、生育都不控制，这样一代代穷下去没有希望。我和他讲到中国人，他说中国人现在来得很多，他几乎每天都要接送中国人，但现在不想接送中国人了，因为不管他怎么努力对中国人好，他们几乎从来不给小费。我赶紧给他解释，在中国我们没有给小费的习惯，中国人并不小气，下次如果再不给，你就向他们要，一般都会给一点的。到了目的地，我赶紧给了他1000先令（10美元左右）小费，他立马咧嘴笑了。我在想，他一路上是不是都在想，我会不会给他小费？

路上发生的一件事情差点要了我的命。出发前，我为了御寒，喝了两大杯热水。这一下倒好，刚上路不久就想上厕所。和彼得说了后，他死活都不停车，告诉我在黑暗中不能下车，你根本就不知道在黑暗中有什么动物潜伏在附近，万一下车有狮子或者豹子就麻烦了。我听了以后只能默默忍着，但随着汽车的颠簸，我越来越忍不住了，告诉司机无论如何要停车方便。最后彼得找了一个他认为相对安全的地方停车（其实四周一片漆黑，根本就搞不清哪里更安全），让我靠着车门方便。我一边方便，一边紧张地盯着前方，唯恐突然冲出一头豹子来。方便结束后的我松了口气，一抬头发现满天繁星，清澈如洗的星空是如此美丽。

到了坐热气球的地点，我们喝了杯咖啡，吃了块面包，6点20分，点燃的热气球开始升空。每个热气球下面的篮子里可以站20个人。我从来没有想到热气球会有这么大，光是布料直径就长达30米左右。操作热气球的人是一个加拿大来的小伙子，名叫马丁，特别健谈幽默，充满活力。他说他家是热气球世家，爸爸妈妈就是玩热气球的，都得过比赛冠军，他以后希望拥有一个自己的热气球，然后去比赛并争取拿到冠军。热气球升空的时候，天空除了东方的一抹暗红的朝霞，基本处于灰暗状态，热气球升空后，东方渐渐亮起来，渐渐地，朝霞布满了天空。天空中飘浮着十几只热气球，在霞光的映衬下十分美丽。热气球一路在草原上空忽高忽低地飘荡，成群的角马、斑马、野牛、羚羊等看到热气球经过，尤其是听到热气球间断点火发出的声音，立刻就飞奔起来，真是一片万马奔腾的壮观景象，同时我们也看到了鬣狗、狮子在清晨的霞光中寻找食物的场景。大象和长颈鹿则沉着地在草原上漫步，根本就不为热气球的骚扰所动。太阳突破最初的云层喷薄而出，新生的阳光洒向草原，给草原披上了一望无际的金黄色，动物的身上也是一片金黄，好像披上了盔甲的战士一样，准备迎接新一天的战斗。当热气球升到大概200米的高空时，整个马萨伊马拉大草原一览无余，气势磅礴。一个小时后，热气球降落地面，热气球公司在草原上的平顶松树下安排了丰盛的早餐和香槟酒，庆祝热气球升空成功，同时发放升空证书并兜售空中拍摄的视频和照片。

我在热气球上的时候有个小插曲。热气球升空后，我看着地面想，千万不要掉东西下去，否则就麻烦了。没有想到大概10分钟后，我一抬手居然打落了自己的眼镜，直接从很高的热气球上掉到了地面上。真是越不想发生的事情越会发生。我的眼睛高度近视，眼前马上一片模糊。热气球是停不下来的，而要回头在茫茫草原上寻找一副眼镜，毫无疑问等于大海捞针。幸亏我还带了一副近视墨镜，赶紧戴上。我目测了一下定位，看到不远处有一棵树，希望回头能够开车来找（这个定位是如此愚蠢，因为草原上走一会儿就是一棵树，而且都长得一模一样）。好在热气球飞行员马丁手里拿着一个平板电脑，凡是经过的航线都被谷歌地图记录了下来，他也赶紧帮助定了一下位，在航线上做了记号。我们下了热气球吃完早餐后，坐上越野车一路朝眼镜掉落的地方开去。到了附近发现有两个问题：一是汽车不能开进草地，只能停在车道上，离眼镜掉落的地方还有一段距离；二是原则上人是不能下车的，因为不知道附近是不是有食肉动物潜伏在草丛中。但我找眼镜心切，马丁也想看看他的定位是否准确，最后我们说服司机，三个人一起下车去找眼镜。结果找眼镜这件事情变成了一场冒险，我们一边拼命向远处张望，怕万一来几只狮子，一边在脚底下找眼镜。好在只用了10分钟左右，我们居然找到了眼镜。结果发现镜框已经断了，但两块镜片居然没碎，散落在周围。镜框是塑料的，摔碎不太可能，根据周围有不少角马来判断，估计是被角马踩碎的。即使捡到断裂的眼镜，依然让人兴奋，那种失而复得的开心无与伦比。马丁更加兴奋，高兴得当场就把我们的照片上传到了脸书（Facebook），不遗余力地赞扬现代技术所带来的好处。要是没有谷歌导航定位，即使来一个团的兵力，也不可能在这么广袤的草原上找到这么一副小小的眼镜。后来回到宾馆后，我找服务员借到一点强力胶，把断掉的镜框重新粘上，这副眼镜又获得了新生，现在正架在我的鼻梁上。

在找到眼镜后，我们开车离开不到3分钟，就发现一头被啃得只剩下一副骨架的角马，骨架上的血迹还很新鲜，表明才被猎杀不久，几头秃鹫在继续啃剩下的头。我们吓出一身冷汗，想想刚才找眼镜的时候，狮子可能就在不远处。惊魂稍定之后，我们开车到了马拉河边，等待河对岸的角马过河。角马每年的大迁徙从7月下旬开始一直到10月，上百万头角马会从河对岸的塞伦盖提草原渡过马拉河，到河这边的马萨伊马拉草原来吃草。这时候，无数的游客和摄影师都会来到河边，观看角马过河的壮观场景。新东方老战友周成刚曾经给我一张放大的照片，就是他亲自拍摄的万马过河的动人场景。我们到达河边时，发现那里已经停了几十辆车，河对面有几百头角马在游荡，沿着河边一会儿向东走，一会儿向西走，寻找过河的最佳地点。在马拉河里，表明上平静的水中潜伏着很多尼罗鳄，凶猛异常，只要角马下河碰上鳄鱼，几乎没有生还的可能。而且要命的是，鳄鱼并不一定饿了才吃角马，不管饿不饿，它们都会习惯性地咬过河的角马，咬死了吃不下就在河水里泡着。我们在河边就看到一只角马尸体，明显是被鳄鱼咬死的，上面站着一群秃鹫在争食。遗憾的是，我们在岸边等待了两个小时，希望对岸的角马能开始渡河，但直到我们离开都没有等到，由于时间关系，只能遗憾地离开了。

在回宾馆的路上，我们又看到了不少动物，包括鸵鸟、大象、豺狼等。一些熟悉的动物像角马、野牛、斑马，在人们眼中仿佛已经失去了吸引力，可见人的好奇心是多么容易消失掉。从进入非洲第一次看到斑马和野牛的惊喜，到现在看到这些动物不足为奇，无动于衷，只用了三天的时间。想一想人类的婚姻和工作都很不容易，由于好奇心的消失，人对于与自己建立婚姻关系的人会熟视无睹，而对于工作则很容易漫不经心，最后的结果是婚姻失败，工作无趣。要保持对婚姻的新奇和工作的乐趣，谈何容易，需要一个人付出艰巨的努力，需要学会乐在其中。

傍晚的时候，又是一场大雨，随后大雨变成了一场淅淅沥沥的中雨，一直下到了半夜。不是说现在是草原的旱季吗？怎么会有那么多的雨呢？我在帐篷里，一边写着这些文字，一边听着雨滴打在帐篷顶上的清脆声音，滴滴答答，绵绵不绝。雨声又把我的心情带回到了那些动物身上，它们现在在哪里呢？是在树林中躲雨？还是在草原上伫立？狮子在雨中还会捕食吗？大雨会不会让那些惊恐的食草动物暂时不用担心生命的安全？这些问题我没有答案。大自然生生不息，以万物为刍狗，天地广阔，不言不语，也许滴答的雨声和远处传来的河马低沉的吼叫，就是老天给我的最好答案了。

沙漠中的温暖

梅尔祖卡（Merzouga）是通向撒哈拉沙漠的大门，来摩洛哥旅游，人们最想体验的项目之一就是撒哈拉沙漠。没有到过撒哈拉沙漠，就没有到过非洲；没有到过梅尔祖卡，就没有到过摩洛哥。来到撒哈拉，就不能不想起三毛，想起20年前读过的《撒哈拉的故事》，尽管文字已经忘记，但记得三毛和荷西就是在西撒哈拉认识并相爱的，并且一起到过梅尔祖卡这边的撒哈拉沙漠。今天去探寻一下他们曾经的足迹，还是会有穿越时空，心意相近的感觉。

摩洛哥的高速公路，好像仅限于沿海几个城市的连接，翻过阿特拉斯山进入内地后，就没有高速公路了，所有的道路都是单车道的小公路，但都是柏油路面，不算难走。从阿特拉斯山麓到沙漠边的最后一个城市梅尔祖卡，一路很像是中国新疆戈壁滩的风貌，但水资源明显比戈壁滩丰富，一路上不时会出现村庄或者城市，能够感觉到越靠近沙漠，人口越稀少。沿路的植物主要以椰枣树为主，椰枣树很像棕榈树，叶子和棕榈树几乎一样，但熟悉的人一眼就能够看出区别。

从瓦尔扎扎特出发，沿着N10号公路向东行150千米左右，有个小城叫廷吉尔（Tinerhir），从这里沿着R703号公路向北行驶20分钟左右，就到了著名的托德拉峡谷（Gorges Toudra）。R703号公路直接穿行峡谷，汽车在峡谷口停下，我们下车步行进入峡谷。峡谷中有溪流，流水潺潺，清澈见底，两岸绝壁挺立，上下垂直，高之万仞，仰视一线。峡谷长约千米，步行其中，听百鸟啼鸣，观绿草茂盛，叹自然神工，惊天地壮观，心情为之振奋。这么好的景观，居然不设门岗，不收门票，也足以见出摩洛哥人之淳朴。峡谷绝壁下还有几户人家住在其中，给人世外桃源的感觉。峡谷口有一些小饭店，我们挑选了一家，坐在太阳底下，点了一些当地烤肉，悠闲享受午餐。饭后再沿原路返回N10号公路，转R702号公路，直达梅尔祖卡附近我们住的宾馆沙漠酒店（Palais Du Desert Hotel）。

在宾馆办完入住手续后，换乘预订的四轮越野车直奔沙漠。由于时间关系，我们没有办法进入沙漠深处，同时考虑到全家的便捷和安全，也没有安排住在沙漠帐篷里的行程（如果我一人旅行，就一定会安排），这次就希望骑骑骆驼，看看沙漠落日。在去沙漠的路上，一路乌云蔽日，我觉得今天看落日可能没戏，心里就已经有点失落，再加上今天没有时间骑骆驼进入沙漠深处，心里就更加失落了。到了沙漠边缘，我们骑上骆驼，慢慢爬上沙丘，走到一半，沙丘变得陡峭起来，骆驼已经上不去了，我们就下来爬行，为了方便干脆把鞋子脱了光脚爬行，沙子从脚面流过，带来流水一样柔软的感觉。到达沙丘顶上，气象万千的沙漠之海扑面而来，落日在快要下山的最后一刻，突然拨开乌云喷薄而出，把整个沙海染成一片金黄。天空红霞飞舞，沙漠连绵起伏，西边落日灿烂，东边彩云追月，大自然之壮观，令人心醉神迷，仿佛进入了童话世界。坐在沙丘顶上，我们一边照相，一边看落日西沉，云彩颜色不断变化，从鲜红、霞红、粉红到暗红，然后天空一点点暗下来，沙漠显示出了它的无垠和苍凉。撒哈拉沙漠横跨非洲大陆北部几千千米，无数的生生死死曾经在这里演绎，但沙漠落日岁岁年年注视着生命更替，一如既往以日出的灿烂迎接新生，又以落日的苍凉宣示自己的威严，亘古不变。

在黄昏中，我们骑着骆驼走出沙漠，沙漠外的几处绿洲已经亮起星星点点的灯火，在一望无际的沙海戈壁中给人以生命的温暖和人间的牵挂，即使是与牵引骆驼的摩洛哥小伙子对于小费讨价还价，也让人感觉到这是一份人间的温暖。这种在沙漠绝望中看到绿洲所带来的对生命的欢欣和喜悦，千百年来也一直没有变化吧，除了人类为了利益的打打杀杀，这种人与人之间互相传递的温暖，恰恰是人类绵延万年、依然向往美好的源泉所在吧。

火山上的生命思考

提起西西里岛，中国人第一个想起来的是黑手党，因为这是黑手党的老巢，也是电影《教父》（*The Godfather*）中一些场景的拍摄地点。这几年，中国人来西西里岛旅游多了，才知道这里除了黑手党已经基本消失之外（其实不是消失，是不再用低级的手段骚扰老百姓，而是干起了高级的金融、地产、能源等方面的工作），还是一个自然风光极其迷人、历史文化非常丰厚、名胜古迹随处可见的地方。

只要到过西西里岛的旅游者，一般都会去埃特纳火山（Etna）。中国人对于埃特纳火山知道不多，但它在欧洲几乎无人不知，因为这是欧洲最高的活火山。

埃特纳火山海拔3300多米，因为是活火山，它的高度处在不断变化中，低谷的地方只要有一次喷发，就有可能变成顶峰，和一般火山不同，埃特纳火山有几十个喷发口。

作为最活跃的火山，自有记录起，埃特纳火山已经喷发了几百次（公元前1500年就有了喷发记录），也因此死伤了很多人，但人们仍然比较密集地居住在火山周围，形成了很多村庄城镇，原因之一是火山灰覆盖的土地特别肥沃，几乎种什么都丰收。民以食为天，待在这里总比到别的地方挨饿强一些（尤其是古代农业社会期间）。但更重要的一个原因是埃特纳火山尽管喷发了几百次，但破坏特别严重的喷发并不多，所以人们不是很担心突然出现灭顶之灾。和对岸意大利本土的维苏威亚诺火山（Vesuviano）相比，这里显得更安全。维苏威亚诺火山不如埃特纳火山活跃，2000多年只喷发了十几次，但大多数时候，它的喷发都带来严重后果，比如公元79年的喷发，把整个庞贝城连同几万人，都埋在了火山灰里。这就像人的脾气一样，有脾气时时发出的人，不太会有毁灭性行为，而平时一直把情绪闷着的人，很容易做出不可挽回的极端行为来。

我们上埃特纳火山的时候运气不好，云雾缭绕，结果除了若隐若现的各个火山口和脚下黑色的火山熔渣，什么也没有看到，还担心一不小心掉到火山口里去。如果运气好，天气晴朗，可以在火山口看里面红色的岩浆翻滚。这次我们只能感受到脚下的热气蒸腾而出，想象着脚下如果爆炸，我们就会被冲上几百米的高空，然后连骨头渣都找不到，不由得生出自我渺小到无形的恐惧感。

火山灰渣上一开始寸草不生，但随着时间的推移，生命就会不请自来。几年前曾经滚烫的岩浆扫荡一切植物和房屋，最后留下一片黑色岩浆犹如火星表面，现在已经星星点点长出了野草和野花。可以预料，再过几十年，这黑色的土壤一定会被绿草和野花覆盖。这就是生命力！只要是生命，就会彰显自己的存在，不知不觉，不急不慢，用一棵草、一朵花来告诉你生命无处不在。生命就这样轻轻地来了，但不会轻易地走。

卑微如草花，依然能够如此生存，并且开花、播种。人没有理由不更好地活着，即使处于卑微之中，也当开花、播种，为天地留下一点美丽，就如火山灰的黑渣上开出的小黄花，依然凭着自己的力量，孤独而辉煌地绽放。

死海不死

去以色列旅游，死海（Dead Sea）是必到的地点。死海位于以色列、巴勒斯坦和约旦的交界处，是世界上海拔最低的湖泊，湖面海拔-416米，是地球上已露出陆地的最低点。死海也是地球上盐分含量居第三位的水体，其余两个是含盐量第二的吉布提阿萨勒湖（Assal Lake，在非洲）及含盐量第一的南极洲唐胡安池（Don Juan Pond）。

死海是一个比较近代的称呼，古代以色列人把死海叫盐海。湖水含有高浓度盐分，是一般海水的10倍，所以水中没有任何生物。注入死海的约旦河是一条淡水河，水里鱼类资源很丰富，但一流入死海，所有的鱼立刻死掉，可能这也是死海名称的来源之一。一般的海洋含盐度恰到好处，繁育了大量海洋生物，但只要海水浓度增加一倍，水中的动物和植物就会大量死掉。到了死海这样的浓度，连细菌都没有了生存的余地（研究发现，死海里也有特殊的耐盐细菌）。看来任何东西过分了都没好处，吃过分会生病，工作过分会健康受损，情感过分会深受伤害，下雨过分会变成大洪水，阳光过分会变成大干旱。世界上的任何东西，都要处于平衡状态才能生机勃勃地发展。

远远看去，死海也是水面浩荡。水本应该是生命之源，但在这里却变成了生命的煞星。我想象在远古，当先民们在长途跋涉，努力穿越了基本上寸草不生的沙漠和山丘之后，第一次看到死海浩渺的水该是怎样的欢呼和雀跃，但走到湖边尝了一口之后，又是怎样的痛苦和绝望。也许他们学会的最重要的人生真理就是：并不是所有的水都是能够滋润生命的。

死海之所以含盐量这么高，是因为它没有任何出口。四周的河流（主要是约旦河）都是淡水，每年注入的水量达到几亿立方米，但都被蒸发掉了，盐分是蒸发不了的，所以浓度就越来越高。在死海上游的加利利湖（Galilee Lake），海拔-200多米，却是一个典型的淡水湖，因为上游的约旦河把水流注入，约旦河下游的水继续流向更低的死海，所以盐分不会淤积在湖里。这就像人的情绪一样，如果有了发泄的出口，就能保持心情平和，如果没有发泄的出口，情绪郁积在心里，慢慢就会精神高度紧张，最终崩溃。

死海也有好的一面，大家比较熟悉的就是人能够在水面上漂浮，这样不会游泳的人也淹不死。我自己体会了一下，最重要的好像不是淹不死，而是如果你能够把自己彻底放松后躺在水面上，让水在你的身体下面轻轻流动，会产生一种浑身轻松的舒适感，这是任何水疗都达不到的效果。另外，由于死海的水中矿物质非常丰富（包括死海底下的黑泥），对于治疗皮肤病等非常有效，所以沿着死海出现了大量的度假村和疗养院，世界各地的人都蜂拥而至，没有生命的死海，反倒成了人类的钟爱之地。

现在死海水的注入量，远远小于死海水的蒸发量，所以如果不采取措施，死海早晚都会被蒸发干净，最后剩下的是一块真正的盐地。到那个时候，可真是除了盐，什么都没有了。

伊瓜苏，伟大的水

来伊瓜苏（Iguacu）之前，就听说过伊瓜苏瀑布，看过它的照片。瀑布是美丽和壮观的完美结合。尽管从里约要飞两个多小时才能到达伊瓜苏，我还是决定飞到这个世外桃源一样令人着迷的地方去看看。

最初，我还把伊瓜苏瀑布和动画片《飞屋环游记》（*Up*）里的天堂瀑布搞混了，后来才发现，动画片里的天堂瀑布在委内瑞拉。

伊瓜苏瀑布，葡萄牙文叫Cataratas del Iguazú，是世界上最宽的瀑布，位于阿根廷与巴西边界的伊瓜苏河上，快要和巴拉那河（Parana）合流的地方，形成了一个马蹄形瀑布，高80多米，宽4千米。这里是个多国地带，站在高一点的地方，就能够同时看到两条国际河流和三个国家。伊瓜苏河是巴西和阿根廷的界河，巴拉那河是巴西和巴拉圭的界河。在巴拉那河上，有巴西和巴拉圭合建的水力发电站伊泰普水电站（Itaipu），曾经是世界上最大的水力发电站，后来被中国长江三峡水电站超越了，降级成了第二。

为了和瀑布亲密接触，我们住进了瀑布公园里的贝尔蒙德大卡特拉塔斯酒店（Belmond Hotel Das Cataratas），这是公园里唯一的宾馆，在阳台上就能看到部分瀑布的美景，听到瀑布的轰鸣。宾馆的设施传统而舒适，服务人员素质很好，殷勤周到。

刚开始，我以为在宾馆门口看到的瀑布就是瀑布全貌，觉得也不过尔尔，好像还不如黄果树瀑布壮观，心里不免产生一丝失望。

第二天醒来，窗户透进阳光，蓝天白云，天气晴好。吃完早餐，迎着透明的阳光，呼吸着新鲜空气，听着婉转鸟鸣，走向瀑布边上的步道。随着步道的延伸，瀑布像一幅壮丽的画卷一样，逐渐展现在眼前。伊瓜苏瀑布更多的是在阿根廷那边奔流而下，但观景最好的位置刚好在巴西这边。对于巴西来说，真是借别人的景，丰富了自己的收入。

随着河边的步道往前延伸，瀑布的景观越来越多，水幅越来越宽，渐入佳境。随后脚下的路拐了一个弯，就听到了万马奔腾一般的轰鸣声，又像低沉浑厚的雷声轰然而至，震天动地，摄人心魄。

转过遮蔽视野的树林，整个伊瓜苏河的断层豁然呈现眼前。被称为“魔鬼喉”的瀑布从断层轰然而下，烟雾蒸腾，壮阔雄浑，到了让人心旌动摇的地步。刚好上午的阳光照在瀑布上，一道巨大的彩虹横跨瀑布，七彩夺目。走上搭建在水上的平台和步道，可以从各个角度欣赏瀑布的雄壮。在最中心的水中平台，可以仰视整个瀑布，让飘起的水雾把自己浸透。那是一种浑身舒畅的爽快，是一种沁人心脾的清凉。

伊瓜苏瀑布，浑然在天地间展示着千万年的壮观和宏大。现在我才明白它为什么叫伊瓜苏，因为在印第安语中，“伊瓜苏”的意思就是“伟大的水”。

最后，推荐一下景区唯一的宾馆贝尔蒙德，环境优美，饭菜好吃，院子里的游泳池非常舒适，景区的道路可以随时散步，不时会碰上不知名的小动物。到了晚上，景区很安静，除了住店的客人，就只有动物的鸣叫声和瀑布若隐若现的轰鸣声了。宾馆幽幽的灯光外，就是万里夜空星光垂地，绝对是一处完美的世外桃源。当然，天黑后，你不能到太远的地方去散步，据说景区里有美洲豹，碰上就不好玩了。

今日尼罗河

提到尼罗河，大家都能够想起那部电影《尼罗河上的惨案》（*Death on the Nile*）。一对情人，为了谋取一位年轻女继承人的财富，展开了连环谋杀。最后，神探波罗通过层层推理，让真凶暴露出来，最后以这对情人的自杀结束剧情。

和残酷的剧情形成强烈对照的是：电影的情节一直伴随着尼罗河两岸的美丽景色，那样明媚的阳光，那样碧绿的河水，还有那两岸绵延不断的椰枣树和芦苇丛，那村庄里袅袅上升的炊烟和在岸边悠闲踱步的水牛，还有那一座座雄伟壮丽的古建筑。

我不想去经历尼罗河的惨案。但自从看了这部电影后，我一直有一个尼罗河之梦，希望自己有一天能够坐上船，在尼罗河上漂荡几天。在长江边上长大的我，对于大河有着天生的感情，河水的奔流和河面上来来往往的船只，还有那落霞与孤鹜齐飞的景致，总是能够让我莫名激动，不能自已。迄今为止，我已经走过了我们的母亲河黄河与长江，我也走过了美国的密西西比河，南美的亚马孙河，欧洲的多瑙河和莱茵河。但还有两条我最想走的河流没有走过：俄罗斯的伏尔加河和非洲的尼罗河。

这一次有机会去埃及，我指定了要在尼罗河上坐游轮待两天。来到埃及后，我如愿以偿在游轮上待了三天。实际上，在尼罗河上旅行，最好的方法就是游轮，否则你就得沿岸骑骆驼走了。尼罗河上的游轮旅游，很像是中国长江三峡游。三峡游一般是在重庆上船，顺流而下到宜昌；或者逆流而上，从宜昌到重庆，也是几天的时间。尼罗河旅游，可以从阿斯旺（Aswan）上船顺流而下到卢克索（Luxor），也可以逆流而上从卢克索到阿斯旺，我的行程则是前者。

我记得小时候，长江水大概在冬天的时候会清一些，夏天则是浊浪翻滚，奔腾而下。小时候我还被长江水淹过，长江变成了一片汪洋，我家房子所在的高地勉强露出水面。今天的长江不管是夏天还是冬天，都是浑浊的，不是自然的浑浊，而是被污染后那种暗色的灰绿，而小时候那种清波浩荡的感觉，再也没有了。

在四季的风中拥抱自然 02

在四季的风中拥抱自然 02

彼岸风景

在到尼罗河之前，我想象它是一条浑浊的河。因为读历史书知道，尼罗河每年都会泛滥。泛滥之后，会在两岸和入海口三角洲留下厚厚的沉积土，使土地变得更加肥沃，农民在沉积土上播种，就会有很好的收获。也正是因为这样的收获，使得古埃及人不太容易忍饥挨饿，有足够的时间祭拜天地、修金字塔、造神庙、刻神像和描壁画。在开罗，我住的宾馆就在尼罗河边上，但看了河水有点失望。因为水有点发暗的绿色，不是那么干净的感觉，后来我才明白，那是因为尼罗河流经开罗这样2000多万人口的大城市，河水被污染了。

等到我到了阿斯旺，尼罗河展现在我面前，我有点惊呆了。一条大河，水怎么会这样清呢？河水泛绿、泛蓝、泛光，干净纯粹得像没有被人碰过的绿玉一样，一下子让我想起了朱自清的《绿》来："那醉人的绿呀！仿佛一张极大的荷叶铺着，满是奇异的绿呀。我想张开两臂抱住她；但这是怎样一个妄想呀。——站在水边，望到那面，居然觉着有些远呢！这平铺着、厚积着的绿，着实可爱。她松松的皱缬着，像少妇拖着的裙幅；她轻轻的摆弄着，像跳动的初恋的处女的心；她滑滑的明亮着，像涂了'明油'一般，有鸡蛋清那样软，那样嫩；她又不杂些儿尘滓，宛然一块温润的碧玉，只清清的一色——但你却看不透她！"用这段话来描写尼罗河，也不会离谱到哪里去。

我问了一下埃及老百姓：尼罗河一年四季都这样清吗？答案是肯定的。现在的尼罗河既不会泛滥也不会变浑了。自从阿斯旺大坝建成后，时时刻刻能够自动调节水量，因此尼罗河不可能泛滥。由于整个尼罗河沿岸除了开罗，没有任何大城市和工业，也不可能造成城市和工业污染。因此，尼罗河变得一年四季都如此清澈。尼罗河地处亚热带和热带地区，两岸一年四季常青，常年鲜花盛开，果实飘香。在这样一条河上航行，是多么值得期待的事情啊！

尼罗河两岸除了自然风光，更重要的是各种神庙古迹。在阿斯旺，我们上船入住，但是船不开，因为游人还要在沙漠中到上游300千米处，去参观阿布·辛拜勒神庙（Abu Simbel）。途中有两道大坝阻拦，船是开不上去的，但阿布·辛拜勒神庙是一定要看的。第二天中午游人归队，游船才起航自南向北顺流航行。

在尼罗河上，除了来来往往的游轮，还有一种船装点着景色，那就是著名的尼罗河帆船，有个专门的英文名称叫Feluccas。一路航行过去，尼罗河帆船点点帆影，成了一道可以入梦的景致，那么优雅，那么飘逸。白色的帆，红色的船，滑过水面，无声无息。但实际上，如果你想在帆船上游玩，一两个小时就足够了，千万别用太长时间，更不能雇一条船开两天，因为船上什么也没有，时间长了是既不方便也不浪漫的事情。

游轮上条件尚可，房间比较干净。游轮顶层的露天甲板有游泳池，有酒吧，可以要杯酒，坐看风景。唯一的不足之处是船开起来后，风比较大，不可久坐。由于冬天比较冷，也不能在游泳池游泳，而且池子太小，也不吸引人。白天看两岸风景，夜里看满天星星，没事可以抱一本书，找个角落就坐下来读。航船经过的大部分地区，都没有什么手机信号，也没法上网，刚好可以把心静下来。这样悠闲自在的日子，一辈子都不会有太多。那就抛下一切，尽情享受吧。

尼罗河，可是实实在在的埃及母亲河。没有它，就没有两岸的绿洲，没有丰富的物产，没有今天埃及近一亿人民的生活。没有尼罗河，也就没有埃及文明，没有金字塔、帝王谷和各种神庙的存在。这条河从远古流来，流到今天，依然在源源不断地为人类贡献自己最美好的生命滋润力。好在，两岸人民也一直崇拜它，爱护它，直到今天依然能够让它展示无比亮丽的魅力。爱护大河，就是爱护人类自己的生命。

红海晨昏

对于中国人来说，红海是一个神秘的存在。电影《红海行动》也让红海火了一把。海应该是蓝的，为什么叫红海呢?

红海的东边是沙特阿拉伯，那是伊斯兰教的起源地。两大圣地麦地那（al-Medinah）和麦加（Meccah），都在南边的沙漠里。从这里开始，不到100年的时间，阿拉伯人就一手古兰经一手利剑，席卷了半个世界。1000多年后的今天，这种影响力依然无处不在，全世界信仰伊斯兰教的人接近16亿。

红海的西边是古老的埃及文明，和红海平行的尼罗河两岸，排列着无数的金字塔、神庙和帝王陵墓，它们背后的撒哈拉沙漠无边无际，蔓延纵横几千千米。

在阿拉伯沙漠和撒哈拉沙漠之间，突然出现一片海，一片别具风姿的海。就像两个粗犷的男人之间，站立着一个亭亭玉立的女人，对照是如此强烈，那地图上的一抹蓝色，就像一滴长长的眼泪，柔软了坚如磐石的男人的心。

为什么叫红海？我问了问周围的居民，没有人知道。一天早上，我把宾馆的窗帘拉开，满天血红色的朝霞，把眼前的大海也染得血红，也许这就是为什么叫红海吧。或者，因为两岸的历史如此厚重，一定有很多可歌可泣的事情发生，有人把眼泪泣成了血，滴在了大海里？

红海，一个令人遐想和向往的地方。最早知道红海的故事来自《圣经》。在法老时代（大概公元前1500年左右），移居埃及的犹太人饱受压迫，无路可走。这个时候他们中出现了一个英雄人物摩西。摩西下决心要把犹太人带离苦难，最后终于找到机会，带着大家跨过红海，进入以色列。当犹太人来到红海面前，滔滔海水挡住了去路，后面法老的军队眼看就要追上。摩西向耶和华祈祷，然后挥动手中圣杖，红海立刻分出一条道，两边的海水静止不流，犹太人顺利走到对岸。法老的军队追到海底，摩西再次挥动手杖，滔滔海水把法老的军队全数吞没。

后人反复寻找摩西的渡海之处，始终寻不到。但摩西带领部族脱离苦难，并从此制定规矩，带领一个民族兴旺到今天的故事，依然深入人心。

所以，我一定要来看一看红海，看看她到底以怎样的面貌出现在人们的面前。在卢克索看完了神庙和帝王谷之后，我迫不及待跳上越野车，一路横穿撒哈拉东部沙漠，直奔红海度假胜地古尔代盖（Hurghada）而来。

从来没有想到红海会是那么美丽。我们到达的时候，刚好是下午3点左右，明媚的阳光照射在海面上，海水粼粼闪光，像跳着动人的舞蹈。海水如此清澈，以至于水深10米以下的鱼儿游动都能够清楚看到。在这个无风的下午，红海海面几乎像镜子一样平静。因为不是外海，连小小的浪涛都是轻声细语。红海，我曾经认为带着不可捉摸的狂野，没有想到竟然如此温柔缠绵，像谜一样引人喜欢。

第二天，我们租了一条船出海。上午10点出发，天空阵云密布，红海失去了昨天的柔美，显得郁闷憋屈。天空中刮着比较大的风，穿上几件衣服都觉得寒冷。难道红海不喜欢我们的打扰，要给我们一种决绝的姿态吗？我们没有带着任何恶意而来，只为一睹你的风采。我祈求老天让我能够真正看一眼蓝天下的碧海，那一望无际的秀美。中午之后，云层逐渐散开，蓝天一点点露出来，最后变成了晴空万里。整个大海顿时亮丽起来。远处的橘子岛，上午上去的时候还风吹沙舞，现在变成了碧海中美丽的背景，像一只剥开的橘子，漂浮在海面上。近处的水如翡翠似的绿，远方的水如蓝宝石一样的蓝，而那似隐似现的淡绿与暗红，就是在水底飘摇的珊瑚。阳光让空气迅速暖和起来，我穿上游泳裤，跳到海里，冰冷的海水让身体一阵激灵。但身体迅速适应了海水的温度（大概18℃左右），紧接着是神清气爽的舒适感。我戴上浮潜镜，看珊瑚丛中各种漂亮的鱼儿悠游自在，对于人的出现投以睥睨的眼神。我在海水中来回游了很久，上船后又在甲板上躺着，让阳光尽情地挥洒在自己身上。那是一种愿意与天地同老的惬意啊（尽管后来发现，皮肤不知不觉被晒坏了）！在船上，居然看到七八条海豚不断在水中跃起又落下。我想，要是我在浮潜的时候，有海豚过来把我顶起来飞驰，那是一种什么感觉呢?

夕阳西下的时候，我们的船回到了古尔代盖港湾。晚霞洒落在整个小城的上空，把一片片房子染成金黄色的高低起伏。前方清真寺的那两座宣礼塔，高耸在城市上空，宣示着此地信仰的归宿。红海在夕阳下一如既往地平静，那是一种看尽世界却依然少年的风采。古代、今天、未来，尽在她的眼底。而岸边的棕榈树，如佛陀一般，拈花远视，微笑不语。

云巅遥看珠穆朗玛

从曼谷飞不丹，一路上3个小时，前面的2个小时基本上平淡无奇。在飞机上，我吃了一顿早餐，猛喝了一杯咖啡让自己保持清醒，然后打开电脑工作。正觉得劳累之时，突然听飞行员在广播里说，请大家向飞机的左边看，远处的那座白雪皑皑的山峰就是珠穆朗玛峰（Mount Everest）。我赶紧把遮光板打开，从舷窗看出去，发现很远处的云层上面，露出了几座白雪皑皑的雪山，根据形状和高度，我一眼就认出来，中间那座金字塔形的最高峰，就是珠穆朗玛峰。

多少年魂牵梦萦，一直想见珠穆朗玛峰的真容，没想到会以这种方式见到。去过拉萨几回，有两次和朋友说好了，要从拉萨开车到日喀则，上珠峰大本营去，但都因为没有安排好时间而没能成行。朋友中有好几个人都登上珠峰了，先是王石，后来是黄怒波，还先后登上去了三次。2018年5月15日，北大山鹰社和北大企业家俱乐部的联合登山队，总共12人攀登珠峰取得成功。其中一位北大校友杨东杰还是我老乡，他用一个塑料瓶装了一瓶珠峰的雪下来。我们为登顶成功开庆功会的时候，每个人的酒里都加了几滴珠峰的雪水，怀着神圣的敬意喝了下去。

有朋友劝我一起去登珠峰，说凭着我的体力和耐力，登顶珠峰很有希望。但到今天为止，我也没有打算去登山，以后也不一定会去登山（我爬山很多，但都是雪线之下的山，最高的一次爬到南迦巴瓦峰5000米雪线附近）。我想了想为什么不去登山，理由可能有三个：一是登山这样的极限运动，需要耗费大量的时间和精力，要我放下所有的工作和责任，去做登山训练，我还没有做好这样的心理准备。二是我有比较严重的腰椎间盘突出，如果在登山途中突然闪了腰，要被人扛下来是基本不可能的，那就只能死在山上。我倒不怕死，但以这种方式死去，总觉得有点窝囊。比起登山，还有太多的更重要的事情等着我去完成。我常常想，如果我死去之后，把我埋在一座开满鲜花的山上，让我在花丛中面对雪山，相看两不厌，是可以的，但把我直接埋在冰雪堆里，我还挺怕冷的。三是我总觉得雪山是神圣的，尤其是地球最高峰，是被人用来仰视和朝拜的，不是用来踩在脚下的。人把雪山踩在脚下，我总感觉是人类自大狂发作的表现。我觉得应该向西藏人民学习，围着雪山转山，而不是爬到顶上去，这样好像更加尊重大山，尊重自然。

尽管我不一定要去登珠峰，但珠峰是一定要看的。带着神圣的心情，崇高的虔诚，去仰视珠峰，感受一下她雄伟的身姿和庄严的仪态，让自己内心多一份敬畏和谦卑，是很好的事情。任何时候我看到雪山，都有一种想面向雪山跪拜的冲动。

我本来的打算，是要从山脚下走上去朝拜珠峰的，却没有想到坐在飞机上看到了珠峰。我们的飞机这个时候大概是在海拔8000米的高度，基本是平视角度看到珠峰。飞机以斜切的方式向着珠峰方向飞过去，每过几分钟珠峰就变得更加清晰。最初看到珠峰的时候，大概距离有100千米，飞机斜切过去，最近的距离大概就只有几十千米了。飞机应该是从尼泊尔境内切向不丹。云层上面空气透明度很好，所以山体看得很清楚。我坐在窗边，一面以激动的心情看珠峰及周围的山峰，一面用手机拍照。但距离太远了，手机照不清楚。幸亏我带了相机，尽管焦距也不够长，好歹比手机好一些，总算拉近照了几张珠峰及周围山峰的全景照。

和珠峰连在一起的海拔8000米以上的山峰，从左到右分别是：

8167米的道拉吉里峰，8091米的安纳普尔那峰，8126米的马纳斯卢峰，8027米的希夏邦马峰，8201米的卓奥友峰，8844米的珠穆朗玛峰，8463米的马卡鲁峰，8516米的洛子峰，8586米的干城章嘉峰，但从我拍的照片上看，它们就是一溜山峰，具体精确到哪个山峰叫什么名字，我还真不知道。从不同的角度拍照，有的山峰会显得高度不同，有的山峰会被别的山峰挡住。不过在飞机上，老天能够给我一个机会看到大部分山峰，我已经高兴得心潮澎湃了，甚至有了热泪盈眶的感觉。

突然，在我的相机镜头里，珠峰看不见了。原来是飞机开始降落，进入了云层。云一下子把珠峰挡住了。我把镜头收起，尽管有点遗憾没有离珠峰更近，但心里已经充满了强烈的幸福感。云层挡住了珠峰，但珠峰一定还在阳光下熠熠闪光。我们的生活也是这样，太多的烦琐和迷雾挡住了人性的光辉，其实只要给予机会，让我们站得更高一点，站在云层之上，我们内心的珠峰就一定能够显现出来。就像佛教所说的，我们每个人都有佛性。但要让佛性显现出来，需要我们把内心的贪嗔痴慢疑、怨恨恼怒烦等欲念脾气清理干净，这样，光明的佛性自然就露出来了。

金色的稻田，失去的美丽

10月的不丹，最引人注目的除了白墙红窗金顶的寺庙，就是那山间梯田和河谷里层层翻滚的金黄稻田。对于我来说，尽管各种有名的寺庙是必去之地，毕竟这是来不丹的主要目的，但在不丹让我眼前一亮，以至于左顾右盼目不暇接的，是那一片片高低错落的稻田。这真是这次旅行的意外收获。那种以山为背景的河流、村庄、稻田、绿树，还有山头飘着的白云，构成了世外桃源一样令人流连忘返的田园画卷。

童年置身的环境，对人一生的环境选择和审美都有重大影响。我出生于江南鱼米之乡，从小见到的植物，最多的就是水稻。南方平原上，水稻成熟的时候，那一望无际金灿灿的稻浪，还有散发出来的淡淡稻香，会让你感受到生活的无限美好。对于农民而言，水稻成熟意味着一年的粮食有了着落，在冬天不至于忍饥挨饿。农民看待水稻，不像城里人那样充满不切实际的诗意和遐想。对于农民来说，水稻丰收就是实实在在的生计。水稻生长要比小麦生长让农民付出更多的劳动。小麦把种子撒在地里，过了一个冬天就蓬勃生长了，只要春夏之交阳光充足，小麦会成长为金黄色的一片，成熟了。成熟后的小麦要抢收，否则过分成熟就会爆粒，粮食就会掉在地里。但水稻成熟后则需要养，养得颗粒越饱满越好。金黄色的稻田，在农村能够持续生长很长一段时间。如果这段时间阳光充足，水稻颗粒就会特别饱满，做出来的饭香喷喷的，馋死你。

种水稻真是一件不容易的事情。首先要把稻种撒到平整得特别好的水田里，让秧苗长出来。秧苗长到接近一尺高的时候，要把秧苗拔下来，打成小捆，按照顺序扔到已经施好肥放好水的田里。然后农民们就一起倒退着在田里插秧。由于中国的土地分成小块，很少大批量作业，所以尽管有插秧机，但农民很少用。人工插秧很累，一弯腰就是几个小时，但也会带来很多乐趣，大家会比赛谁插的秧比较直，谁插秧的速度比较快。如果你插秧慢，后面有人把你包围了，你就被“关门打狗”了，这是一件特别丢脸的事情。我从小就学习插秧，刚开始插秧慢，总是被“关门”，后来我成为插秧能手，总是能够把别人“关”在里面，内心就充满成就感。由于插秧一直弯腰，腰会特别受伤，所以很多南方的农民都有腰椎间盘突出的毛病。我记得每次插完一垄秧，到头了就会不顾一切躺在泥泞的田埂上，让自己的腰能够恢复过来。另外，水稻田里常常会有很多蚂蟥，农民插秧的时候脚上都会爬满蚂蟥。不知不觉间蚂蟥就会进入你的身体，大量吸血。进入得比较浅的，可以用手拉出来，进入得比较深的，有的就剩一个尾巴在外面，你就要在尾巴上撒上盐，蚂蟥被盐一腌，就自己退出来了。

插完秧的最初几天，水田里的秧苗常常是东倒西歪的。但过了两个星期，秧苗就由浅绿色变成深绿色，蓬蓬勃勃地生长起来了。这时候田里要有足够的水，灌溉渠道里日夜水流不断，汩汩淙淙，听起来就像一首诗在流淌。水田里有时候会放上鱼苗，让它们和水稻一起长大。水稻田里的物产很丰富，不像小麦田里面什么都没有。随着时间的推移，水稻田里会生长出很多田螺、黄鳝、泥鳅、螃蟹等，有空了就可以抓回家做成美食。整个夏天，青蛙都会没完没了在稻田里咕咕呱呱地叫，有的时候会让人烦得睡不着觉。晚上拿个手电，走到田边，青蛙一看到灯光，就一动不动了，等着你抓。那个时候还没有保护青蛙的概念，只要夏天到了，红烧青蛙就成了农民家里饭桌上常见的一道菜。今天的水稻田，由于农药太多，这样的生态环境已经基本上消失了。更加可恨的是随着城市像个八爪鱼一样地扩张，村庄已经变成了城中村，河流、桑树林、水稻田全部消失了，代替这些的是一栋栋了无生气、样子难看的高楼。

水稻成熟的时候，就要把水稻田里的水放干了。这样，水稻充分吸收阳光，颗粒才会饱满。等到收割水稻的时候，大家又是一番忙碌，把镰刀磨得锋利铮亮，农民就像战士扛着枪一样，神气地拿着镰刀走向田头。农民都不太喜欢割小麦，因为小麦有麦芒，粘在身上又痒又疼。成熟的稻子显得温柔很多，低着沉甸甸的稻穗，等待着你的收割。水稻的心中也是喜悦的，因为它们知道，它们中的优秀者将被筛选出来，成为明年的种子。在稻子收割后，留下的是一望无际的稻根，一排排就像失去了孩子的母亲，显得无精打采。但在收割过的稻田里，依然会有欢乐。孩子们兴高采烈地冲进收割过的稻田，开始拾捡遗留下来的稻穗。我小时候，大人们会故意多留一些稻穗在地里，这样孩子们可以多捡一些，补贴家里的粮食。当稻田变成一片荒芜之后，泥土下面依然有丰富的生命。你会看到有人拿着铁锹，在稻田里东挖西掘，一条条黄鳝和泥鳅就被从地里面挖出来了，成为秋收后的美餐。随后，拖拉机就会开进地里翻土，稻根被翻进土里，变成了小麦的肥料。春种秋收、秋种春收，就这样，农民靠自己的勤劳，靠和粮食的亲密关系，延续着人类的生命和梦想。

这就是我的童年，我童年的水稻田，还有我和水稻田在一起的种种生活。今天走在不丹水稻田的田埂上，看到孩子们放学后沿着田埂，一路有意无意地用手捋着稻穗回家的情景，看到金灿灿的水稻在夕阳下闪光，看到稻田外那明媚的天空和远方白云围绕的山峦，我的心是如此平静，却又激动不已。在农村读高中的时候，我的语文老师曾经对我说：水稻田的美丽，只有当你不再是农民的时候，才能够显示出来。今天的我不再是农民，我看到了水稻田的美丽，却失去了看着水稻长大的那种宁静、悠远和满足，一起失去的，还有那对故乡挥之不去的深情和不需要计算时间的从容生活。

惊鸿一瞥少女峰

到了瑞士，就不能错过瑞士的好山好水。阿尔卑斯山（Alps）养育了瑞士，考验了瑞士，也成就了瑞士。曾经，因为阿尔卑斯山，瑞士人苦不堪言，上天无路，入地无门。而今天，瑞士的美丽山水和滑雪胜地，使它成了全世界人民蜂拥而至的度假天堂；瑞士精致的各种工业产品，又使它成为人们的购物胜地。

少女峰是阿尔卑斯山最有名的山峰之一。早在18世纪，就有人试图爬上少女峰，但很少有人生还。欧洲人对于雪山的喜欢，好像融在他们的血液之中，几百年不断有人攀登，前赴后继。更多的普通人只能站在山脚，远远看看少女峰秀丽的姿态。人们来来往往，居然造就了一个小镇，名叫因特拉肯（Interlaken），因为它的位置在图恩湖（Thunersee）和布里恩茨湖（Brienzersee）之间，所以小镇名字的意思就是“湖间镇”。这里是进入少女峰的必经之路，在小镇的草坪上，就能看到少女峰在两山之间露出的若隐若现的身姿。

最初我还不知道，看少女峰，是几乎可以一直到山顶去看的。到19世纪末，来看少女峰的人越来越多，当时铁路业兴起，就有人想要从山脚把铁路一直修到山顶，爬升高度接近3000米。于是有人发明了齿轨铁路，铁道中间的轨枕上是一条特别的齿轨，齿轨上的齿轮和火车的齿轮对接，齿轮互相咬合，火车就能向上攀爬，一般能够爬30度左右的坡，一路向上。

1896年，在工程师盖尔策勒（Adolf Guyer-Zeller）领导下，瑞士开始兴建少女峰登山铁轨，经过16年艰苦卓绝的奋斗，牺牲了几十位工人后，1912年，齿轨铁路铺上了海拔3454米的少女峰，车站位于山体里，成为当时世界上海拔最高的火车站。这一纪录延续了70多年，直到中国的青藏铁路建成通车，少女峰上的车站称号就只能改为“欧洲最高”了。但值得说明的是，少女峰从山脚到山峰只有20多千米，青藏铁路上的火车是一直在3000米之上的高原行驶，两者性质不一样。

我们从洛桑出发到少女峰，路上要两个半小时，汽车沿着日内瓦湖畔行驶，一路欣赏日内瓦湖两岸美景，然后再拐向通往瑞士首都伯尔尼（Bärengraben）的道路，全程一路高速，两边都是山峦草地，中间点缀着瑞士乡间特有的木头房子，充满了田园牧歌的情调。到伯尔尼再拐向因特拉肯方向，沿着图恩湖一路向前，满是湖光山色的美丽风光。到了因特拉肯，就能够看到少女峰了。我们沿着山道，开到了去少女峰的格伦德火车站（Grund），然后再登上火车往高处爬，中间还要换乘一趟火车。今天刚好是晴天，火车的两面都可以观光，都能看见壮丽的雪山，以及雪山脚下的草甸。除了少女峰，火车周围还环绕着很多俊美的山峰，海拔都在4000米左右。到了3454米的终点站，会有高速电梯把你运送到山峰上（不是少女峰的山峰，是边上的小少女峰），观看四周美得令人目瞪口呆、令人窒息的雪山。另外一个美丽的景致是冰川里面的隧道，冰川隧道让游客能从内部看冰川。那种蓝绿色晶莹剔透的空间，让人感到就像进入了童话世界中的水晶宫一样。站在少女峰前的雪坡上，高山峡谷一览无余，千山万壑尽收眼底。今天唯一遗憾的是少女峰顶上总有云雾，山头那一点地方不露真容。据说这也是为什么叫少女峰的原因，云雾就像轻纱，笼罩住了少女害羞的脸庞。值得庆幸的是，我们快要下山的时候，少女峰上的云雾终于飘走，在阳光下露出了秀丽的峰峦，蓦然给人美人惊鸿一瞥、回眸一笑的感觉，令人回味无穷。

真正令人惊叹的，不是少女峰的美丽，而是瑞士人征服自然的惊人创新能力。阿尔卑斯山以其艰险，锻炼了瑞士人坚忍不拔的个性和勇往直前的精神。这样的个性和精神，又最终体现在了他们征服高山的行动中，从徒手攀登高峰，到把铁路修到山顶，再到把产品做到无比精致，无一不彰显着瑞士人不服输、不妥协的极致个性。

03

在旅途的尽头遇见历史

奥斯威辛没有明信片

这个地方既不是一个城市，也不是一个景点，要不是因为希特勒迫害犹太人，在这里建集中营，到今天为止这里应该还是默默无闻的一个小地方。但现在，这个地方几乎每个人都听说过，几乎每个听到这个名称的人都会有点不寒而栗。因为从1940年到1944年，有110万~150万犹太人、波兰人还有苏联战俘，在这里被迫害致死。

这个地方叫奥斯威辛。

在我们去奥斯威辛的路上，一路下雨。从布拉格出发驱车500千米，从宽阔美丽的高速公路驶入狭窄不平的波兰乡村公路，即使在今天，也能够感到这个地方的闭塞和隐蔽，要是没有GPS，要找到它都是一件很困难的事情。当初德国的党卫军，就是看中这里的隐蔽才选择它作为集中营的所在地。奥斯威辛最初是用来关押波兰政治犯和苏联战俘的，但很快就变成了屠杀犹太人的最佳地点。火车源源不断把犹太人运过来，一个集中营明显不够使用，德军在3千米外的比克瑙（Birkenau）又建了一个集中营，这个集中营的规模比第一个大至少5倍，运人的铁路直接铺设到集中营里面。犹太人被运来后，德国人从中挑出一些身强力壮有劳动力的人，其他的人不管是妇女还是孩子，直接送进毒气室。被送进毒气室的人达到了75%左右。

当时的毒气室和焚化炉，如今已经是一片废墟，德军撤退的时候，为了毁灭罪证，用炸药把毒气室和焚化炉全部炸毁。我到达废墟遗址的时候，天空下着飘飘扬扬的小雨，我没有打伞，伫立雨中，任由雨水打湿我的头发和衣服。面对看上去面积并不是很大的这片废墟，你很难想象这里曾经有过100多万人被毒气毒死，尸体在这里被焚烧。你也很难想象人类能够心狠手辣到这种地步，不管是儿童还是妇女，都能够心安理得地统统把他们处死。然而，这就是事实。德国的旅游者到这里来，常常为他们前人所犯的罪行痛哭流涕，甚至长跪不起。但这样灭绝人性的事情，人类确保不会再犯吗？只要人类互相还有仇恨，只要有人为了权力和利益不惜一切，杀戮其实离我们并不遥远。世界上不同民族之间的冲突和残杀，甚至同一民族之间的冲突和残杀，依然每天都在世界不同的地方上演着。如果一个民族不为自己犯过的错误和罪行真诚检讨，这个民族就不会进步，一旦有合适的土壤，历史一定会重演。

现在的集中营遗址，依然被当初德军竖立的铁丝电网包围着。1号集中营的营房，由于建造得比较结实，都原样保留了下来，被开辟成了博物馆。博物馆的墙上，挂着成千上万幅在这里被关押并死亡的人的照片，这些照片里有老人，也有年轻人，有男有女，大部分人的脸上都充满惊恐，但有些人脸上却挂着微笑，不知道是面对死神的无畏，还是向往新生的勇气？在博物馆里，我看到了被关押的人画的壁画，读到了被关押的人写的诗歌，生命即使在这种环境下，也没有失去尊严。

在比克瑙的2号集中营，由于有很多房子是临时建起来的棚屋，其中不少已经倒塌，留下的一些供游人参观凭吊。在恐怖的集中营营房周围，居然大片大片开放着各种野花，黄色的、紫色的、红色的、白色的，从营房周围延伸开去，几乎一望无际。是不是那些已经消逝的生命，以另外一种方式重回世界，宣示着生命的尊严？万恶的集中营，尽管到处被野花覆盖，依然是人类身上不可磨灭的伤疤，时时警示我们防止历史悲剧的重演。离开集中营的路上，车开出不远，就看到一对新人在路边的教堂举行婚礼，人类对于生命和幸福的渴望与追求，每时每刻都在进行着。

我曾经对一个朋友说，我每到达一个地方，都会买一张明信片，作为对生命旅程的一种纪念。但是在奥斯威辛，我买不到明信片，这是一个没有明信片的地方！确实，在这里，人们没法寄出代表着欢快和轻松的明信片。

遇见夏林城堡

Chateau de Challain，由于没有官方的中文译名，我就暂且把它翻译成“夏林城堡”吧。法国皇室和各路贵族，几百年来沿着卢瓦尔河谷(Chalonnes-sur-Loire)，建起了上百座大大小小的城堡。巴尔扎克对于卢瓦尔河谷，有着诗一般的描绘：“整个山谷，宛如一个翡翠杯……请你春天来吧，观赏如未婚妻一般美丽而贞洁的自然风光；或者晚秋的时候，在静谧沧桑的风景里，平复你孤独的忧伤。我们总是想生活在别处，古朴的城堡、清澈的河水、旖旎的河谷风景，时间仿佛在这里停下了脚步，流动的只有卢瓦尔河……卢瓦尔就是一个很好的别处。”法国人为了纪念巴尔扎克的这段话，专门在卢瓦尔河边的美丽城市图尔（Tours）修建了一个巴尔扎克广场。沿着河谷建起的城堡，有不少很有名，其中佼佼者为香波堡（Chateau de Chambord）和昂布瓦兹堡（Chateau de Amboise）。因为这两座城堡都是皇家城堡，和几代国王的生活、命运和秘史相连，能够引发人们窥探隐私的兴趣，参观的人因此络绎不绝。香波堡气势上更壮观，但昂布瓦兹堡更加吸引人：一是因为紧临卢瓦河，景色更美；二是因为达·芬奇就安葬在这个城堡里面的小教堂里，让游客有完美的理由过来看一看。

但夏林城堡只不过是上百个城堡中的一个，和普通城堡没有太多区别，就是一栋长方形的建筑，有四个圆形的角楼。该城堡建造于1848年，完工于1854年，据说是设计了卢浮宫扩展部分的建筑师路易斯·维斯康蒂（Louis Visconti）设计的，总的来说算是一座相对比较新的城堡（尽管也有170年的历史了）。城堡是作为私人住宅来建的，但主人是谁、后来命运怎样，已经没有历史资料可以考究。但可以肯定的是，那个时候法国大革命早已结束，想来城堡的主人应该不会太命运多舛。二战的时候，该地区也是被盟军计划轰炸的区域，周边的几个大城市图尔、南特等都被炸掉了大半，但可能是因为这里深入农村，位置偏远，炮弹好像没有动过它一分一毫。

这样一座没有什么故事值得称道的城堡，应该早就湮灭在历史的记忆中，除了城堡的主人，不可能有人惦记它，更不会有人穿过广袤的乡野僻壤来瞻仰它。人类是需要历史和故事的，有了历史和故事才会有存在感。我们去参观任何建筑和故居的原因，不在于它的大小，而在于某种历史因缘或者值得纪念的人物。我们没有任何理由去造访一个山西煤老板造的豪宅，哪怕再金碧辉煌。而夏林城堡就是这样一个豪宅，在19世纪中叶为一个富豪所造，据说是个伯爵，但那又怎样呢？法国的伯爵也是非常多的，并不是每一位都有故事，值得被人提起和纪念的。

夏林城堡默默无闻的状况，因为一对美国夫妇的到来，被彻底改变了。这对夫妇和这个城堡的故事，可以用一句话来概括：普通人有了梦想和热爱，就会有奇迹发生。这对夫妇姓尼克尔森（Nicholson），在美国新泽西州长大并结婚。丈夫是一个建筑商，做房地产的，因此对建筑情有独钟，尤其对于欧洲城堡更加入迷。他们在有了积蓄后，就一心想在欧洲买个城堡，至于买了城堡干什么，并不知道，就是很任性地想要一个城堡，完成一个心愿。结果走遍欧洲，他们也没有看到满意的城堡，就在打算放弃之时，有人告诉他们，在卢瓦尔河谷有个城堡好像很适合他们的口味。他们一路从德国开车越过起伏的原野，来到城堡面前，第一眼就被城堡迷住了。城堡在金色的夕阳下泛着柔和的光辉，前后的水塘波光粼粼，周围高大的树木青翠欲滴。这样的景色深深震撼了他们，最后死缠烂打，终于说服前主人把城堡卖给了他们。

在中国人眼里，买一个城堡一定会很贵很贵。其实在欧洲，买一个城堡并不需要倾家荡产，有的城堡甚至可以送给你，但最关键的是你拿到城堡后，需要对这样的历史建筑进行维护，而且维护要依照国家标准，马虎不得，所以每年都很费钱。尼克尔森夫妇买下这个城堡后，就开始思考如何以城堡养城堡。他们本来就是商人出身，有着商人的敏锐，肯定不想每年在城堡上白花一笔维护费。很快，他们就想出来把城堡改造成有特色的家庭宾馆。城堡本身有上百间房子，能够住人的房间也有几十间，让游客在城堡住一夜是不错的主意，也满足了很多人可以炫耀自己住过城堡的心理。于是他们开始改造城堡（不能破坏城堡需要保护的任何结构）。改造工作很艰苦，那是100多年前的建筑，没有上下水道，没有卫生间，没有电路，很多房间大而无当，现在要通水通电，又不能破坏结构。但他们如此热爱这一事业，尤其是女主人辛西娅（Cynthia），一头扎了进去，干脆搬到了城堡居住。就这样一点点开始，他们改造出了几十个可以住人的房间，并且每个房间都布置精美，模仿了欧洲不同时期的居住风格。但接下来问题就来了，这个城堡既没有历史感，四周又很荒凉，谁会到这里来住呢？这时候他们的商业头脑又发生作用了：让大家来城堡结婚如何？城堡本身很美丽，周围是可以举行露天派对的花园草坪，旁边又有一个可能比城堡还要古老的教堂，是举行一场值得纪念的婚礼的绝佳场所。这一想法让他们十分兴奋，也因为这一想法，这个城堡真正开始有了生命。女主人辛西娅华丽变身，成为婚礼筹办的专家。她组织起一个团队，有专门主持婚礼的牧师、专门的婚礼乐队、专门的婚礼化妆师和摄影师，还有米其林级别的厨师。这里逐渐有了名气，越来越多来自世界各地的人，专门到这里来举行结婚仪式，在城堡里装饰成国王气派的房间居住两天。有些结过婚的人甚至也要到这里来，重温新婚时的甜蜜。这座城堡，100多年来除了当地人知道，一直像个灰姑娘一样不显山不露水，现在一下子成了很多人的梦幻之地，城堡所在的小镇也开始出现生机，有了饭店、礼品店、小旅店等。

我在2015年7月28日见到了女主人辛西娅，一个胖胖的、充满活力的、十分健谈的女人。我到这里来不是来参观，而是来参加一个亲戚孩子在这里举行的婚礼。在此之前，我对夏林城堡一无所知。来这里之后，了解了城堡的故事，我被尼克尔森夫妇的故事大大地励志了一回。从热爱城堡到购买城堡，再到把城堡变成举办婚礼的天堂，这一切都是因为他们的热爱和非凡的思路，才改变了城堡的命运。那个晚上，壁炉温暖的火焰忽明忽暗地闪烁，我舒适地坐在沙发上，听辛西娅讲述着他们一家和城堡的渊源，然后把家庭的事情也一股脑儿倒了出来。她有5个孩子，大的已经30多岁了，小的才刚刚上高中。现在她已经是9个孩子的奶奶了。我惊叹一声，真是看不出来啊，因为她看上去一点都不老。尽管我知道在西方问年龄是不礼貌的，但我熬不住好奇还是问了，结果她居然比我还年轻一岁，出生于1963年。

从辛西娅身上，我看到了她对家庭的热爱、对孩子的热爱、对城堡的热爱，更加重要的是对生命的热爱。她的生命是有温度的，充满热情，一刻不停地忙碌着，她的孩子们现在都在美国，她就把来的每一对结婚的年轻人当作自己的孩子，亲自为他们布置房间，亲自下厨，甚至亲自上菜，给人的感觉就像有一个妈妈在身边忙碌，温馨而踏实。

我们中国人也忙碌着，忙碌着干自己觉得无趣的工作，忙碌着追求自己怀疑的事业，忙碌着挣钱买汽车和房子。我们的欲望一年一年水涨船高，但我们确实没有认真思考过生活到底是什么，我们一生到底如何去追求有意义的生命之旅。尼克尔森一家，好像不用思考就知道生命应该怎样，做什么事情对于自己和世界有意义，如何通过给别人带来欢乐而让自己欢乐。

想到城堡，我们通常想到的是阴暗、恐怖的场景，因为很多恐怖电影都是以城堡为背景拍摄的，因此城堡常常和可怕的事情联系在一起。来到夏林城堡， 我们发现城堡给了人如此不一样的感觉：温馨、美丽、浪漫、梦幻。离开城堡的那天早上，我独自到城堡后面的花园去散步，薰衣草紫色的花朵正在清晨开放，特有的香气在空气中弥漫，淡淡的雾气正从地面和水上升起，袅袅婷婷地飘逸着。晨雾中的城堡，因为尼克尔森一家的努力，正在放射出迷人的光芒。

尘世中的圣米歇尔山

不知道大家有没有听说过这句话：没有到过圣米歇尔山，就没有到过法兰西。大多数人都知道卢浮宫和凡尔赛宫，但并不知道圣米歇尔山（Mont-St-Michel）。

要了解圣米歇尔山，就要先了解圣米歇尔。圣米歇尔是谁呢？他是《圣经》中为数不多的被提到名字的天使之一，也是唯一具有天使长头衔的天使。他在上帝身边，为维护上帝的统治不遗余力，领导天国大军击败了象征邪恶的撒旦恶魔，标志着善的力量最终战胜恶的势力。在《圣经・启示录》第12章里是这样描述的：在天上就有了争战。米歇尔同他的使者一起与龙争战，龙也同自己的使者去应战。（龙）并没有得胜，天上再没有他们的地方。大龙就是那古蛇，名叫魔鬼，又叫撒旦，是迷惑普天下的。他被摔在地上，他的使者也一同被摔下去……因为米歇尔代表了善的力量，所以在末日审判中，他可凭手中天平，称量人类为善与作恶的分量，作恶多的就被撒旦带进地狱，为善多的则由圣米歇尔领入天堂。所以人类灵魂能否升入天堂，就看圣米歇尔是否让他通行，可以说，圣米歇尔直接掌握着人类的灵魂，决定了灵魂是通向天堂还是进入地狱。我们现在看到的圣米歇尔雕像，一般都是一手持宝剑，一手持天平，宝剑象征和撒旦作战，天平用来称人的灵魂。

知道了圣米歇尔的故事，就不难明白为什么人们要为圣米歇尔建造修道院和圣殿，专门来祭拜他了。早在圣米歇尔山之前，在意大利等地就有了纪念圣米歇尔的教堂。人类一方面对他能够战胜撒旦表示崇敬，另一方面总是带点私心，不管自己在人世间的行为如何，都希望自己的灵魂能够进入天堂。对于相信天堂和地狱的人来说，大多数人都会害怕自己进入地狱，因此心生恐惧。来祭拜一下圣米歇尔，心理上会感觉自己离天堂近一点，在天平上可能善的分量就会重一点。不难理解，对于掌握了人类命运的天使，人类是不能不去讨好的，尽管这样的讨好在神那里不一定管用。

圣米歇尔山是除了耶路撒冷和梵蒂冈之外天主教的第三大圣

地。这样的地位是如何来的？纪念圣米歇尔的教堂不止一个，为什么偏偏圣米歇尔山这座周长只有900米的小山如此有名呢？首先，我们来看看法国人对圣米歇尔的态度。法国人对圣米歇尔有着特别的热爱，他被视为法兰西的拯救者，被认为是英法百年战争中驱逐英国势力的象征。圣女贞德说米歇尔给她神召，告诉她："我是米歇尔，法兰西的守护人，请起来解救法国国王。"把圣女贞德和圣米歇尔连在一起，使法兰西人民对于圣米歇尔有了别样的亲近。百年战争期间，圣米歇尔山上的人们坚决抵抗英国人，英国人发起了长达24年的猛烈进攻，圣米歇尔山岿然不动，这让大家觉得米歇尔确实在庇护着这座圣山，所以"香火"旺盛有了群众基础。

除了群众基础外，圣米歇尔山的地理环境，使它不仅仅是一个普通的修道院。它的存在，足以勾起人们的好奇心，远道跋涉来看一看这个地方。圣山坐落在大西洋岸边，面向拉芒什海峡[La Manche，即英吉利海峡（English Channel）在法国的称谓]。此地退潮时露出辽阔海滩，站在海边四顾远眺，除了西北方向的一个小岛屿，以及更加遥远的诺曼底海岸线之外，没有任何制高点。圣米歇尔山海拔88米，是当地唯一一座高出地面的孤山。更加有意思的是，退潮的时候，沙滩和地面相连，变成陆地的一部分，涨潮的时候，孤山就变成了孤岛，四面是浩荡的海水。古代的时候，人们只能在退潮的时候才能够上岛，如果回来得不及时，就会被困在岛上。这里还有一个特点，涨潮的速度之快常常令人措手不及，几十千米一望无际的平缓沙滩让涨潮的平均速度每分钟能达到62米（中国的钱塘江大潮可以和这个相比），如果人刚好在沙滩上，根本就来不及跑回来，因此，每年总有十几人被潮水卷走（现在好像被卷走的人不多了）。英法百年战争中，英国人之所以没有攻下圣米歇尔山，就是因为进攻刚开始，潮水就来了，潮水一来，英国人就得撤退，山上的法国人也就有了喘息的时间，同时，物资又能够趁涨潮时通过大海运送过来，英国人干瞪眼没办法。现在的圣米歇尔山，已经有栈桥和陆地相连，基本上除了遇到特大潮，圣米歇尔山24小时都能够和岛屿相连了。由于海床上千年的沉积物越来越多，本来离开陆地几里路的圣米歇尔山，现在基本和陆地相连。站在已经长满青草的陆地岸边，很难想象当时在一片茫茫的沙滩上海浪汹涌而来的壮观景象。

当然，如果今天圣米歇尔山是一座秃山，海潮再壮观也是不会有人来朝拜的。所以最终让大家不远万里来到圣米歇尔山的，还是它的故事和它错落有致的建筑。岁月让故事变得更加神秘，山上的教堂也越建越高，在山的高度之上更加有了神的高度，而神的高度因为人的努力，变得更加神秘和迷人，人类自己编撰的故事把自己给迷住了。这座圣山有点像中国的普陀山，普陀山本身环境优美，加上又是观音菩萨的道场，所以香客和游客就络绎不绝了。这两座山，都正好应了“山不在高，有仙则灵”的说法。传奇、故事和历史，才能够构成一个地方的魅力。圣山一开始就是有故事的地方。在圣山上造教堂，始于该地区的奥伯特主教（Aubert），那是在公元708年。据说圣米歇尔晚上托梦给他，让他在山上造一座教堂，因为他的犹豫，圣米歇尔连续三次托梦给他，还把手指戳进了他的头颅。山上的第一座教堂就此诞生。在此之前，这座山叫作“坟墓山”，听名称就知道基本上是个杳无人迹的野山。但从那以后，圣米歇尔山逐渐变成了天主教的香火旺盛之地，各种见证神迹的传说也越来越多，比如有女人在海水中分娩，但居然没有被冲走；犯罪的女子被某种自然力量挡住，只有在忏悔后才得以进入圣米歇尔山；意大利的修士因为带走圣山的一块石头而立刻生病；等等。这些神迹的流传又带来了更多的游客，以至于在1000年前就出现了因为拥挤把人踩踏而死的事故。不过，圣米歇尔山并不一直是圣山，英法百年战争使这里变成了一个战斗堡垒，法国大革命之后，革命分子废除了修道院，把这里变成了一个大监狱（1793年），先是被用来关押政治犯等，最后变成了一个纯粹关押刑事犯的地方，最多的时候，里面同时关押了一万多名罪犯。直到1863年，革命早已经消停，法兰西帝国颁布了一项法令，才让圣山又恢复了原来的宗教功能。

圣山历经沧桑，1000多年来变得更有魅力。今天的圣米歇尔山，其旅游功能已经大于宗教功能。更多的人是闻名来游览，不是出于信仰来朝拜。山上的建筑是吸引人来的重要原因之一。随着时间的推移，新的建筑越来越多，互相叠加，随山势层层盘旋，沿山建起的小教堂最终托起了主教堂的高度，放置圣米歇尔金像的尖塔，已经超出了山顶近百米的高度。站在远处看整个圣山，可以清晰地看到以整座山作为基石，房屋叠加上升至尖塔的景象，巍峨壮观，迎风挺立，直入云霄。站在顶楼的平台上，远眺大西洋那一望无际的沙滩和地平线处闪光的海水，自有一种超凡脱俗的感觉。如果这里是一处纯粹的景观之所，则有“心旷神怡，宠辱偕忘，把酒临风，其喜洋洋者矣”的感觉了。

就我个人而言，圣山最吸引我的，还是山脚下的村庄和小街。随着圣山声名日隆，越来越多的人来朝拜，圣山脚下形成了一个集吃喝拉撒睡为一体的村庄集市，一条小街上，各种商店和房屋鳞次栉比，人群熙熙攘攘，给人一种尘世的热闹和温馨感。在众多商店中有一家“布拉妈妈黄油酥饼干”（La Mere Poulard）尤其有名，在小街上走着，尝一口黄油酥饼干，别有一种尘世的留恋在心头化开，让温暖遍及全身。也许，我留恋于尘世更甚于进入安静的天国，在各种教堂中穿行的我，脚步匆匆而过，但在山脚下的小街上，我却流连忘返，久久不愿离去。

以凡人的刻苦步入圣人的境界

在莫斯科东北70多千米的谢尔盖耶夫镇（Zagorsk），有一座修道院叫谢尔盖三圣大修道院，这是俄罗斯东正教的圣地，在俄罗斯东正教教徒心目中的地位，几等于梵蒂冈对于天主教教徒、耶路撒冷对于基督教教徒那样神圣。这一修道院的出现，是因为谢尔盖这个人。他的故事有点像中国禅宗六祖慧能的故事，是一个人努力创造了一个宗教时代的故事，也是一个很励志的故事。任何宗教都会出现一些特别励志的人物故事，这些故事不仅让教徒热血沸腾，也能够让普通人血脉偾张。佛教中的玄奘、达摩、慧能、弘一法师就属于这类人。在俄罗斯东正教中，谢尔盖·拉多涅日斯基（Sergei Radonezhskii）就是这样一个人物，在艰苦条件下，以一己之力弘法，筚路蓝缕，终得正果。

1314年，谢尔盖生于罗斯托夫（Rostov）的一个富裕家庭，据说他自童年时代起就习惯于独自通过祷告、禁食与劳动来寻求拯救。这个说法和我们说玄奘从小就有佛缘一样（玄奘11岁便随哥哥入寺受学《法华经》《维摩经》，13岁于东都洛阳净土寺出家）。1337年，谢尔盖23岁，他决定和哥哥斯蒂芬一起去荒野之地，在一块被森林环绕的小丘空地上修建隐修院，这就是三圣大修道院的前身。他们为自己建造了单人房间和小教堂，以便可以专心侍奉三一上帝（圣父、圣子、圣灵三位一体）。可以想象这样的生活非常艰苦，尤其到冬天，滴水成冰，寒风呼号，森林中食物短缺，资源匮乏。谢尔盖的哥哥因为忍受不了严冬与饥饿而选择了离开，去了莫斯科城里的修道院。而谢尔盖则默默待在荒野里的小教堂，独自过着严厉的苦修生活——读经、劳作与祷告。随着时间的推移，他的努力感动了很多人，潜心修行的美名开始四处传扬。虔诚的修士和教徒开始来寻求他的指导，各地的农夫和市民们也习惯于来这里祈求谢尔盖的祝福与指导。

到此为止的故事就是一个修成正果的故事。像谢尔盖这样的人远不止一个，那为什么谢尔盖三圣大修道院后来变得那么有名呢？思想或者宗教的弘扬，需要有几个方面的条件：需要有圣人，有故事，有群众基础，最重要的是有统治者的支持。比如儒家思想成为国教，就是因为有孔子，有故事，有群众基础，但主要是因为有统治者支持，才能“罢黜百家，独尊儒术”。在统治者的鼎力支持下，儒家思想变成了中国历朝历代的正统思想，绵延千年。谢尔盖三圣大修道院的发展，基本也是沿着这个路径。谢尔盖把耶稣的话当作自己的行为准则：“正如人子来，不是要受人的服侍，乃是要服侍人。”他为周围的人树立了谦卑与勤劳的榜样，不仅每天主持礼拜仪式，还亲自碾磨小麦，做生面团和发酵面包，为修士们准备食物，缭靴子，给每个房间的桶里灌满泉水。而他自己整夜祷告，却只吃一点面包，喝清水，无时无刻不在工作。圣人的形象已经跃然纸上，实际上他活着的时候就被尊为圣人了。

对于古代穷困的老百姓来说，信仰宗教除了寻找精神安慰，还为了祛除病苦。据说许多人因为听了谢尔盖的祷告，疾病痊愈。这一名声像水波一样圈圈扩散，无数的朝圣者、病患者和穷人都来向他寻求安慰，治疗病躯。17世纪中期后，这里能够治愈百病的声名更加鹊起。因为1644年教堂门廊在维修时，涌出了一股清泉。据说泉水治病有奇效，第一位被治愈的是一位瞎眼的修道士，用泉水洗眼而得以再见光明。从那以后，数以万计的朝圣者用这眼泉水来医治与安抚自己的痛楚。人们还将泉水带到各地，去治愈那些患病者。为了方便大家取得源源不断的泉水，修道院于1872年修筑了华美的天棚，安装了十字形喷池，终年泉水不断。我也用手接泉水喝了一口，确实清冽甘甜，沁人心脾。

有了圣人，有了号称能治病的圣水，来游玩的人自然络绎不绝。但到目前为止，三圣大修道院依然是一个民间信仰之地。给予此地神圣地位的是统治者的力量。1237年以来，俄罗斯民族受到蒙古人（成吉思汗和其子孙的金帐汗国）的残酷压迫，这一异族统治持续了接近200年。1380年，莫斯科大公德米特里（Grand Duke Dmitri Pavlovich）为了把俄罗斯人从蒙古人的统治下解放出来，为了他的军队能够取得胜利，来请谢尔盖祈祷神灵，赐予祝福。军队因为得到圣人的祝福而充满勇气和斗志，在顿河河畔的库里科沃旷野大败马迈的蒙古军队。这次胜利打破了蒙古人不可战胜的神话，德米特里大公因此被称为 “顿河的德米特里”。随后，德米特里成了三圣大修道院的长久资助人。16世纪，俄罗斯历史上第一位沙皇伊凡四世（雷帝）对谢尔盖有着特别的敬仰。在他统治的时期，他专门为修道院扩大地盘，修了结实的环绕石墙和12座塔（到现在还傲然挺立着），随后又开始建造巨大而华丽的教堂，完全是克里姆林宫圣母安息大教堂的翻版，连名称也一样（这个教堂现在也是这个修道院教堂群落中最亮丽的一个）。著名的画家们随即来为教堂墙壁画满了各种优美的壁画，这些壁画现在看起来依然美不胜收。至此，谢尔盖圣三圣大修道院的宗教地位和政治地位全部奠定，岁月不能使它黯然失色，只能使它更加熠熠生辉。

一个国家的统一，最重要的是文化和宗教的统一，这种统一比任何国土的统一都重要。国土统一了很容易分裂，文化和宗教统一了就有了强大的凝聚力，即使在不同民族之间，只要文化和宗教统一了，和谐相处的可能性就会更大。中国两千多年能够成为大一统的国家，和我们坚持儒家思想，同时兼容释、道两家的气度有关，千年文化一脉相承，已经形成一种气场，所以我觉得，清朝统治最大的智慧就是全盘接受汉族文化，它的气脉因此比元朝多了几乎200年。同时，宗教往往不是世界大同的法宝，而是各种战争的起源。全世界也不可能信仰同一种宗教，即使是同一种宗教也会分裂成不同的教派，比如基督教主要分为天主教、东正教和新教三大教派。基督教在罗马帝国衰退时期被定为国教，到了11世纪，东、西教会大分裂，最后形成了以罗马为中心的天主教体系和以希腊、俄罗斯为首的东正教体系。一个民族和国家的团结、安宁与和谐，主要有两个原因：一个原因是如果信仰的是同一种宗教，内部冲突的情况就很小，因为思想意识和价值体系是一致的；另一个原因就是尽管国家有多种信仰，但是有互相宽容、互不干涉的传统。第一种情况的典型国家是俄罗斯，第二种是美国。俄罗斯一直认为东正教的正源在俄罗斯，从历史上看，也是先有统一的宗教，后有统一的国家。苏联时期，接近一个世纪主张不信教，斯大林甚至毁掉了很多教堂，但东正教在老百姓心目中的地位根深蒂固，苏联解体后，东正教迅速恢复，连总统普京也是东正教教徒。俄罗斯从一个公国变成一个横跨欧亚的帝国，其原因除了出现了像彼得大帝这样有雄才大略的沙皇之外，还有宗教统一带来的民族团结。

在莫斯科克里姆林宫里面也有一个教堂集群，但那都是因为沙皇的需求而建立的，教堂的历史无非和这个沙皇或者那个皇族有关。和这些教堂相比，谢尔盖三圣大修道院才是真正有魂的地方。从谢尔盖来到这片森林中苦修开始直到今天，已经过去了七百多年，他留下的不是一个修道院，而是整个俄罗斯民族的精神寄托之所。谢尔盖以一己之力，打通了人和神的关系，以凡人的刻苦步入了圣人的境界，并且给世间饱受疾苦与迷茫之人指出了一条修行之路，成为民族的精神脊梁之一，不能不说这不仅是他的成就，也是一个民族的幸运。

风烟散尽的沃吕比利斯

从非斯向西开一个小时左右的路程，就到了古罗马遗址沃吕比利斯。

摩洛哥是一个伊斯兰教国家，为什么这里会有古罗马遗址？如果了解一下历史，就知道在公元7世纪之前，摩洛哥的历史和伊斯兰教没什么关系。公元前的摩洛哥，是古代的柏柏尔王国，和当时的北非王国迦太基并列。后来罗马帝国日益强大，开始和迦太基争夺地中海的统治权，在公元前264年，爆发了第一次布匿战争，主要是在地中海进行海战。接着，罗马进攻迦太基本土，迦太基被打败。

公元前218年，又爆发了第二次布匿战争，这是三次战争中最著名的一次。迦太基主帅汉尼拔率6万大军艰苦卓绝地迎战，渡过直布罗陀海峡，翻越阿尔卑斯山，入侵罗马，搅得罗马帝国鸡犬不宁。罗马在经历了几乎被灭国的耻辱后，反败为胜，再次出兵迦太基，汉尼拔只能回军驰援。最后，迦太基战败，丧失了全部的海外领地，并向罗马赔款。

公元前149年又爆发了第三次布匿战争，这次是罗马害怕迦太基再次强大，主动进攻并长期围困了迦太基城，最后迦太基惨遭屠城，其领土成为罗马的一个省份——阿非利加行省。至此，罗马完整取得了地中海西部的霸权（这段历史在日本作家、古罗马历史最出色的研究者之一盐野七生的《罗马人的故事》一书里，有着充分而富有感染力的描述。这部15卷的皇皇巨著，有4卷专门讲了布匿战争）。

在这长达100多年的战争中，柏柏尔人因为和迦太基人对立，一直都参与罗马人的战争。等到罗马人战胜了迦太基人，柏柏尔人的厄运也就来了。罗马军队顺手就把柏柏尔王国给灭了，建立了毛里塔尼亚王国，立了两任傀儡国王，同时开发沃吕比利斯为居住地。到了公元40年，罗马人把毛里塔尼亚王国分拆为罗马帝国的二个行省，其中一个行省的行政中心就是沃吕比利斯。400年后，罗马帝国衰退，柏柏尔人又开始折腾，建立了很多小王国。直到公元

683年，阿拉伯帝国进入摩洛哥，征服了柏柏尔人，并和柏柏尔人一起渡过直布罗陀海峡，占领了西班牙。从此，摩洛哥告别罗马时代，进入伊斯兰教纪元，直到今天。

了解了上面的历史，就会明白为什么在摩洛哥的腹地，会有沃吕比利斯这样的罗马城市，以及今天展现在世人面前、作为世界文化遗产的废墟了。罗马帝国是世界上存续时间最长、国土面积最广的帝国。这个帝国的运作模式有很多直到今天还值得人们研究学习。罗马帝国每到一个地方，首先建立军营，然后由军营发展成城市，修建非常结实好用的大路，大路和大路相连，四通八达，既方便军队快速移动，也方便老百姓生活和迁徙。有句话叫“条条大路通罗马”，罗马的道路确实是路路相通。罗马城市建筑的主体材料都是石头，所以城市附近一般都有山脉，为了方便采石。修建城市的同时，也开始修筑水道，有的水道能够长达几十千米，把水从高处的水源引到城市。罗马人爱干净，在任何一个城市里都会修建大量浴室。沃吕比利斯也不例外，整个城市废墟留下来的都是石头，也正是因为石头，使这一遗址得以保存。遗址中的城市广场、凯旋门、浴场、引水道、通衢大道，无一不体现着古罗马帝国的城市特征。在遗址中，浴室的建筑最多，体现了罗马人喜欢洗澡这一习俗。

然而可惜的是，即使是石砌的建筑，也阻挡不了帝国的衰退和岁月的侵蚀。公元3世纪之后，随着罗马帝国衰退，沃吕比利斯的热闹时过境迁。尽管一直有人居住，但繁华已一去不返，犹如江水东流，不可复回。到了公元7世纪，摩洛哥阿拉伯王国的缔造者穆莱·伊德里斯（Moulay Idris），在离沃吕比利斯3千米的一座山上开始筑巢传教，人口逐渐向那边集中，形成了今天的圣城穆莱伊德里斯（Moulay-Idriss），沃吕比利斯逐渐变成空城。1755年的里斯本大地震祸及沃吕比利斯，整个城市被夷为平地，从此古城彻底变成了废墟。18世纪，国王为了在30千米之外的梅克内斯修建宫殿，把沃吕比利斯的大量石料运送过去。沃吕比利斯从此彻底被人遗忘，直到1997年，它被列入《世界遗产名录》，才成为来摩洛哥必去的一个旅游景点。

朝代更替，城市兴衰，人类走过万年，不管统治者以怎样的面目出现，宗教信仰如何改变，也不管城市和皇宫造得多么金碧辉煌，时间总会以自己的方式，告诉我们人间繁华转瞬即逝。权力、名誉、财富都会烟消云散，甚至连废墟都不能留下。不变的唯有青山依旧翠绿，河水依然长流。明代文学家杨慎的一曲《临江仙》，唱尽了这样的世道变迁："滚滚长江东逝水，浪花淘尽英雄。是非成败转头空。青山依旧在，几度夕阳红……"生活在其中的人们，以卑微的生命进行着艰苦的劳作，追求心里不灭的温暖和希望，最后总是以无奈的潇洒和一壶浊酒，笑谈古今。

五渔村的浪漫史

意大利有个著名的景点，叫Cinque Terre，翻译成中文叫五渔村。Cinque是数字5的意思，但Terre不是指渔村，而是“土地”“台地”的意思。这5座建筑位于地中海边的山崖上或山湾里的村庄里，在古代与世隔绝，山上没路进不去，海上想要上岸也不容易，要爬上几十米高的悬崖，只有一条路径，道路一旦封锁，一夫当关，万夫莫开。

这一已被列为世界文化遗产的景点，风景绝佳，充满了浪漫色彩和迷人的地中海韵味。5座村庄连成一串，互相间隔一两千米，原来只有海上船只能到，不知从什么时候开始，村庄之间有了小径相连（现在在小径徒步依然很时髦）。19世纪，这里通了铁路，名声外传，结果欧洲人蜂拥而至，五渔村成了大家的旅游和休闲之地，著名诗人雪莱夫妇也来过这里。现在铁路公路都相通，村庄的老百姓家家都经营着和旅游相关的产业，饭店、酒吧、服装店、纪念品店等鳞次栉比。

古代这些村民的先民们搬到这里时，绝对不是为了看风景而来，他们其实是逃难到这里的。最开始是为了逃避游牧民族的杀戮和战乱，后来是为了逃避海盗的袭击，所以选择这样四面都是绝地的场所。敌人从山上过来不容易，从海里过来也要费尽周折。先民们住在这里后，以入海打鱼为生，同时开山辟地，在村庄周围筑起一层层的梯田，据说所有梯田的石墙加起来有近7000千米的长度，真是一项浩大工程，是上千年世世代代不断努力的结晶，这也是Cinque Terre的名称由来，就是“5块土地”的意思。村民在梯田里种上橄榄、葡萄、柠檬、蔬菜等，也酿出了很有地方特点的葡萄酒，这些食物、饮料和鱼结合起来，组成了可以保持营养平衡的餐饮。由于这地方易守难攻，真成了像中国传说中的桃花源一样的地方。

这些先民们为了生存，艰苦卓绝开辟这么一个地方，可能连做梦都没有想过，他们也为今天的子孙留下了一块福地，受到全世界瞩目，全世界的人都来把钱花在这个地方。真是“前人栽树，后人乘凉”。这也给了我们一个启示：我们现在做任何事情都想得好大，好像只有解放全人类的事情才值得做。其实我们只要像这些先民一样，实实在在把自己的生存打理好，就能为子孙后代留下很好的福祉和余荫，至于其他的一切，就让老天决定和安排好了。

五渔村怎么去？自己到网上去查吧，我也是这样走到五渔村的，很是舍不得离去。尽管这里的村民没有和我说“不足为外人道也”，但世界上这样安静美好的地方不多，怕一旦出去，“遂迷，不复得路”。

去看日落日出

大部分人只要有机会，都是愿意看看日出或者日落的。我在不同的地方看过很多次的日出和日落，面对晚霞缤纷或者朝霞喷薄，内心总会产生各种涌动。站在吴哥的古庙废墟上看日落，或者面对吴哥窟神秘的高塔等待日出，那又是怎样的感受呢？来到吴哥，到巴肯山（Bakheng）于10世纪建造的神庙废墟上看日落，和到吴哥窟前去等待日出，是所有游人必做的功课。我当然也没能免俗。经历了巴肯山的日落和吴哥窟的日出后，才明白千万游人的选择，是符合人内心深处的某个共同触点的。

巴肯山是吴哥王城周围唯一一座海拔大约60米的自然山，10世纪左右，吴哥的国王在山顶建有敬拜印度教湿婆神的寺庙，现在大部分已经倒塌，除了几座残缺的玉米状宝塔（形状像玉米穗），已是遍地废墟。我特意来到巴肯山，就是为了看落日，听说同期只允许300人上去，我在还是艳阳高照的4点就来了，结果上面已经有了300人，下面还排着200人，下一个人才能上一个人，严格控制，没有贵宾票，不允许任何人加塞。在上面的人都是来等落日的，很少有人下来。只要有人下来，轮到的人上去都会兴奋地尖叫一声。我随着队伍像蚂蚁一样往前挪，眼看着快到6点了，太阳在树丛后面快下山了，前面还有20个人，心想今天的队伍是白排了，结果这时候上面居然下来了二十几个人，我终于在最关键的时刻拿到了通行证。本来也想学其他人尖叫一下，却最终没能喊出口。沿着木梯一路爬到山顶废墟上，刚好看到半个太阳沉入远方的大地，满天晚霞染红了天空，周围的几片云彩也被染成了灿烂的金色，山顶的几座残塔在夕阳中显得巍峨神秘，披上了某种神圣的色彩。10分钟不到，太阳全部沉了下去，天空的云逐渐失去颜色，大地开始笼罩在黄昏的朦胧中。转身看变得黑黝黝的古庙废墟，瞬间悲凉充满胸腔，觉得世间一切都不过如此，在辉煌之后必有萧条，在热闹之后总是苍凉，眼泪不自觉充满眼眶，滴在已经沉寂千年的古庙基座之上。下山的路已经完全黑暗，我把手机手电筒打开，一路跌跌撞撞下山，收敛魂魄，努力走向万家灯火的人间闹市。

到吴哥窟前面去等待日出，也是必做的功课。只要上网搜索吴哥窟，搜出来最多的图片，就是太阳在吴哥窟后升起，把整个吴哥窟包围在金光里的景象，加上吴哥窟在水中的倒影，天地合一、天人合一在一瞬间无比完美地体现。在经历了巴肯山落日的沉重之后，看一次千年古寺前的日出也许会另有触动。为此，我早上4点半就起床，5点出发，到达吴哥窟停车场时天还漆黑，星光在天空中依然像钻石一样闪烁。通向吴哥窟的古道很长，被从古到今的千万双脚踩得坑坑洼洼，而且没有路灯。好像是故意不装灯的，大家摸黑走向千年古庙，内心会产生别样敬畏。我亲身体会，一路摸黑走了大约2000步，顶着星光到达吴哥窟前的池塘时，内心已经产生了很清净和安宁的感觉。池塘在吴哥窟前面，古代应该是修行者净身的大水池。很多人已经在岸边等待吴哥窟的日出。我好不容易在岸边挤到一块地方，耐心等待天空从黑暗中一点点亮起来，终于在微曦中看到了吴哥窟的影子，慢慢又看到了池塘中的倒影。半个小时后，东方天空有了一点色彩，吴哥窟在亮起的天空中显出越来越清晰的剪影，水中的倒影也美丽起来，天空中云彩越来越鲜艳，吴哥窟的5座宝塔在升起的太阳中显得宝相庄严，最后笼罩在了一片光明之中。在吴哥窟看日出，没有巴肯山血色夕阳那般凄美，升起的太阳很快就让本来处于黑暗中的吴哥窟在阳光下面显得明快而轻松，好像千年的历史只不过被阳光轻轻一笑，所有的烦恼和积郁就立刻一扫而光。尽管吴哥窟的每一块石头上也刻满了沧桑，但游人在朝阳下产生的那种轻松的心情，是绝对不可能从巴肯山上的落日中找到的。

日落和日出，同样面对着千年废墟，同样面对着地平线上的太阳，但人们的心情却如此不同。这种不同不是来自外界的某种客观存在，而是来自人类内心的感受。这一感受亘古未变，就是面对绝望和希望、无可奈何和双燕归来、王朝没落和朝代更替、生命衰老和迎接新生的不同感受。人类命中注定要在辉煌和落寞中去创造历史，留下痕迹，而后代缅怀历史壮举的人，同样会重复着辉煌和落寞的历史，让更后代的人凭吊纪念。当年的繁华已去，除了留下一地废墟，还有那夕阳下的苍凉，似乎空空如也；但同一批古人，也留下了日出照耀的金色宝塔，让人看到了上千年文明的延续，几万年人类生命的生生不息。

是的，一个人也许必须面对日落时的苍凉，但更多地，应该拥有日出时面对千年历史，能够轻松走向未来的心情。也许人类创造的一切，在千万年后都会变成废墟，但日落之后必有日出，这是人类的希望，也是文明的希望。

建设的力量和破坏的力量

吴哥寺庙群中的塔普伦寺（Ta Prohm）和崩密列寺（Beng Mealea），有一处特别明显的景观，就是很多大树长在了庙宇的顶上或者墙上，随着时间的推移，树根深入墙缝中，逐渐膨胀把墙体撑裂开，结果常常是墙体分崩离析，而大树的根继续不急不慢往下延伸，深入地下，最后，大树巍然挺立在庙宇的废墟之上。

吴哥的庙宇基本上都有1000年左右的历史，这两座庙建于大概12世纪，已有八九百年以上的历史了。历史学家一直在研究是什么原因让吴哥王朝突然衰退，最后灭亡，把这些宏伟的庙宇建筑抛弃掉，任其荒废在杂草丛林里。有人说是战乱导致的，有人说是因为连年的干旱，人们不得不放弃王城，往他方迁徙。但不管怎么说，最终的结果是这些庙宇建筑被荒废了。随着时间的推移，庙宇周围变成了连绵的森林（热带地区，树木长得很快），庙宇逐渐从人们的视野中消失了。

最初，这些庙宇即使被人遗忘，依然是完整的存在。今天我们再去看这些庙宇，会发现它们已然变成了一片废墟，其中有人为破坏的因素，但最主要的原因，是大自然的力量，所谓风刀霜剑是其中原因之一，但这里最强大的破坏力量，居然是蓬勃生长的大树。

树的种子掉在墙缝里，慢慢地树苗就长出来了，刚开始树苗对于墙体不会有任何影响，但树一点点长大，树根一点点深入，一年两年看不出破坏力，百年之后墙体就开始被树根撑裂了。几百年后，在树根力量的作用下，结实的墙体轰然崩塌，宏伟庄严的庙宇就变成了废墟。在今天游客的眼中，这样的废墟充满了宇宙沧桑变迁之感，同时也显示了，人工的奇迹在大自然的力量面前，是多么不堪一击，人类想要得到永恒的欲望和野心，在大自然面前是多么渺小。

在塔普伦寺，有一棵被叫作“蛇树”的卡波克树（Kapok），这棵树粗壮发亮的根茎绕过梁柱，探入石缝，盘绕屋檐，裹住窗门，上下翻舞，像蛇一样盘旋在庙宇之上，茂密的树冠就像巨大的华盖笼罩着神庙，像变成了神庙的保护者一样。时至今日，大树已经完成了破坏者的角色，开始和神庙融为不可分割的整体。今天的塔普伦寺和崩密列寺，如果光有废墟，一定缺乏某种神韵和内涵，也会缺乏人们在大树底下走过的神秘感和渺小感。如果大树没有废墟，就是一片没有特色的森林。在经过了千年缠斗之后，敌对的双方终于融为一体，缺一不可。

当然，人类从来不会错过这样的景致，在这些废墟里已经拍过很多电影，其中《古墓丽影》（*Lara Croft: Tomb Raider*）和《虎兄虎弟》（*Deux frères*）经常被提及。在塔普伦寺，《古墓丽影》中的那个树包屋的镜头的拍摄地点，是每个游人都要驻足照相的地方。

一个人的成长，也应该具备两种力量，一种是建设的力量，一种是破坏的力量。建设要有永恒感，要有做千年事业的梦想，就像古代先民建设千年之后还存在的建筑一样。中国的长城，意大利的古罗马神殿，吴哥的神庙等，都是人类的杰作。另一方面，人也需要具备破坏的力量，就像这些撑裂了坚固神庙的树一样，耐心而坚定不移地积累力量和能量，最终穿透障碍，让自己扎根大地，蓬勃生长。建设永恒事业的力量，加上穿透障碍的破坏力，才能构成我们最有力量感的人生。

同样的航海，不同的结局

在印度南方城市科钦海边，有一排中国渔网。所谓中国渔网，在南方水乡长大的人都很熟悉，就是用四根竹竿挂住网的四角，再把竹竿的顶端捆在一起，用一根更长的竹竿挑着，顶在岸边，再用一根绳子控制网的上下。这样把网放在水里，过一段时间把网拉起来，进入网里的鱼虾就可以被捞起来了。这种网可大可小，小的就像一张床一样大，在小河小溪里捞鱼，我小时候就玩过。大的可以到上百平方米大，比如在长江边上常见的网，要好几个人借助杠杆的力量才能拉起来。

在印度海边的这些中国渔网，据说是当年郑和下西洋时传过来的，变成了当地人捕鱼的传统手段。在此之前，当地人捕鱼只会用鱼叉。这一捕鱼手段延续了几百年，直到被更加先进的手法所代替。现在这些中国渔网已经是一个旅游景点了，当地人表演如何用这些网捕鱼，游客可以一起参与，下网收网，然后给当地人一点小费就行。

郑和下西洋连续7次，几乎每次都到了印度西南端的古里。当时这是一个小王国，就是现在印度的卡利卡特港（Calicut）。1431年，郑和最后一次下西洋，从龙江关（今南京下关）启航，返航经过古里时，因劳累过度于1433年4月初在古里去世。郑和葬在古里后，一些侍从和守墓人也留了下来。郑和的船队由太监王景弘率领返航，1433年7月返回南京。现在的卡利卡特港，已经没有了郑和墓地的任何踪影。据说那些留下的守墓人，后来因为洪水迁到了现在的科钦（距离古里200千米），把中国渔网也带了过来，逐渐融入了当地人的生活。现在南京有郑和墓，位于南京市江宁区牛首山南麓，墓按照伊斯兰风格修建，因为郑和原名马和或者马三宝，是回族人。但可以肯定的是，南京的郑和墓最多就是衣冠冢，他的肉身还在印度古里，但已经了无踪影。

郑和下西洋，是中国黄土文化中突然出现的一个奇迹。因为中国2000多年的文明，一直是背对海洋的。在近代之前，海洋文明从来没有进入中国统治者的法眼。禁止老百姓出海，倒是历朝统治者都在做的事情。对于郑和下西洋的理由，也有各种说法：一说是为了宣扬大明威德，“且欲耀兵异域，示中国富强”；一说是为了寻找建文帝，“成祖疑惠帝亡海外，欲觅踪迹”； 一说是为了发展贸易，缓解财政支出压力；另有包抄帖木儿帝国等说法。后两个理由基本上可以忽略不计，当时的明朝根本不可能有这样的战略思想，如果真能这样高瞻远瞩，也不至于7次下西洋，差不多耗空了明朝一半的财富，最后什么也没有留下。所以最大的理由更应该是“成祖疑惠帝亡海外，欲觅踪迹”，顺带着宣示中国富强。郑和到任何一个落脚点，都是送出去多，拿回来少，厚往薄来，四处馈赠，既没有建立有效的贸易关系，也没有争取利益的殖民需求。迄今为止，郑和下西洋在当地的影响，除了几张中国渔网之外，也已经了无踪影。

西方在此稍后也进入了大航海时代。葡萄牙著名航海家瓦斯科·达·伽马（Vasco da Gama）于1497年奉国王之命，率领舰队从里斯本出发，绕过好望角，在阿拉伯航海家的帮助下，到达印度西南部的古里。他到达古里的时间比郑和晚了70年左右，他的船队和郑和的船队相比，也完全不在一个等量级上。他在印度抢夺了宝石、香料后回航，由于感染了维生素C缺乏病（俗称坏血病），船员死了一半以上。郑和下西洋7次，都没有维生素C缺乏病船员大批死亡的记录，估计他们早就知道船上备着新鲜蔬菜和水果的重要性了。

西方人航海的目的性明确，就是为了开展贸易，掠夺财富，寻找可以征服的殖民地。亲善与友好根本就不在他们的辞典里面。如果遇到强的对手，就友好贸易，如果遇到弱者，就烧杀抢掠。在1502年的第二次航海中，达·伽马捕俘一艘阿拉伯商船，他下令将船上几百名乘客，包括妇女儿童全部烧死："……在持续了长时间的战斗之后，司令以残暴和最无人性的手段烧毁了那只船，烧死了船上所有的人。"达·伽马还下令卡利卡特城的"扎莫林"（指当地统治者）驱逐该地阿拉伯人，遭到拒绝后，他命令无敌舰队轰炸这座城市整整两天。扎莫林只好派大祭司去和达·迦马谈判，但达·迦马割了大祭司的耳朵和嘴唇，并缝了狗耳朵上去，赶走了他。这种行为，郑和他们一定做梦也不会想到，也会耻于去做。郑和他们都是为了把东西送给别人，而不是去抢别人的东西。1524年，瓦斯科·达·伽马被任命为印度总督，9月到达果阿（Goa），生病后12月死于科钦。

今天的西方，依然把达·伽马当作英雄看待。葡萄牙文学中的"全国史诗"，有相当一部分描写新航路的发现，达·伽马被认为是唯一成功开拓葡萄牙海上贸易的探险家，最先连起了非洲与亚洲

在旅途的尽头遇见历史 03

彼岸风景

在旅途的尽头遇见历史 03

的航线。新航道的打通是欧洲殖民者对东方国家进行殖民掠夺的开端。在那之后的几个世纪中，由于西方列强接踵而来，印度洋沿岸各国以及西太平洋各国相继沦为殖民地和半殖民地，辉煌千年的中华帝国也未能幸免。

具有讽刺意义的是，现在我们在印度找不到任何有关郑和的痕迹，但在卡利卡特（古里）有达·伽马的登陆纪念碑，在新德里的博物馆和科钦的印度海军博物馆，可以看到达·伽马的照片和资讯，在科钦的佛朗西斯教堂还有他的衣冠冢（肉身后来被运回了葡萄牙）。印度人讲起瓦斯科·达·伽马，好像还带有一点骄傲，给人“挨了打就服气”的感觉。

同一时期的航海家，郑和与达·伽马的结局以及在历史上留下的影响是如此不同。中国在郑和之后，开始严禁航海，终于走上闭关自守的衰退之路，直到被西方用大炮撬开大门。到今天为止，中国在海上文明的建设方面也乏善可陈。而西方在哥伦布和达·伽马航海之后，迅速开始了疯狂的全球掠夺和殖民，打通了走向世界各地的海上通道，在剥削全球的同时，也把西方思想和文明带到了全球，为整个世界走向现代奠定了基础。

面对同样的航海和不同的结局，我们只能说：一个国家和一个人一样，眼光和目的的不同，一定会带来不同的结局。或者我们可以得出另一个结论：（西方国家的）贪婪本身是一件坏事，但如果没有贪婪之心，又如何能够征服世界呢？贪婪，是西方国家走向征服世界之路的原动力，如果换成一个好听点的词，就是“进取心”。

库克船长的小屋

库克是谁？詹姆斯·库克（James Cook，1728年10月27日～1779年2月14日），人称“库克船长”（Captain Cook），是英国皇家海军军官、航海家、探险家和著名地图绘制专家，曾三度奉命出海前往太平洋，成为首批登陆澳洲东岸和夏威夷群岛的欧洲人，被认为是澳洲大陆的真正发现者（其实之前荷兰人到过澳洲西部）。他登上澳洲大陆，宣布此地是英国领土，因此被澳大利亚人尊称为国父。不幸的是，1779年2月14日，库克和他的船员在第三次探索太平洋期间，与夏威夷岛上的原住民发生打斗，遇害身亡。

库克最大的贡献是发现和界定了太平洋上大部分的岛屿，包括夏威夷、塔希提岛、新西兰和澳大利亚的大部分地区，被认为是最具科学精神的航海家。但他最大的贡献是发现了治疗维生素C缺乏病的方法。之前，几乎所有的航海远征中，都会有很多船员因为维生素C缺乏病死亡，但他的航海队没有一个人死去。因为他发现，只要多吃新鲜蔬菜和水果，水手们就不会得维生素C缺乏病。

西方人把库克放在很崇高的地位。在澳大利亚、新西兰、夏威夷、英国，都有他的纪念碑，还有以他的名字命名的山峰（Mount Cook，新西兰最高山峰库克山）和大学（澳大利亚詹姆斯·库克大学，James Cook University）。他也是位比较富有人道主义的航海家，在他的三次太平洋航海中，没有出现过屠杀当地原住民的情况。反之，他最终在夏威夷被原住民所杀，带有一定的讽刺色彩。他不仅为大英帝国开疆拓土，而且把太平洋中的世界和现代文明连接在了一起。他留下的最有名的一句话是：“我打算不止于比前人走得更远，而是要尽人所能走到最远。（I intend not only to go farther than any man has been before me, but as far as I think it is possible for a man to go.）”这句话可以说是迄今为止对人类的探索精神总结得最好的一句话。

在墨尔本市中心的菲茨若伊公园内，有一栋外表古老的红砖小屋，叫库克船长的小屋（Captain Cook’s Cottage）。这是库克出生的小屋，原来在英国约克夏郡。1934年墨尔本建市100周年时，澳大利亚知名实业家拉塞尔爵士出资800英镑，将库克船长在英国的故居买下，作为礼物送给了墨尔本市民。墨尔本派专家把这座故居小心地拆开，为每一块建材编号，装在了253个箱子里，总重量达150吨，从英国海运到了墨尔本，再照原样组建，放在了菲茨诺伊公园里，供澳大利亚人瞻仰参观。

库克的故事我略知一点，但真不知道墨尔本有库克的老房子。听说了这栋老房子的故事后，我在导游的引导下，在这个澳大利亚南部冬天（北京此时夏热如火）阴冷的早上，来到这里看上了一眼。这是一座普通的红砖小屋，分为楼上和楼下二层，加起来面积也不超过80平方米。楼上应该是库克船长父母的卧室，楼下是厨房和会客厅。一间只有3平方米的小卧室是库克居住的，房间里的床只有中国的躺椅那么大。外面的石砌墙面上，爬满了从英国一起移植过来的常青爬山虎，显得小屋厚重而沧桑。这座小屋是1755年库克的父亲建造的。库克的父亲只是个普通工人，没有多少钱，所以只能造这样一个小屋，一看就是贫穷人家的格局。在这样一户人家出了库克这样的大人物，也算是个不小的奇迹。库克父亲自己懂一点石匠和木工的原理，所以房子造得还算结实精致，以至于后来被解体重装后，依然能够显出小屋的完整来。库克自己生了6个孩子，但都不是夭折就是多病，一个后代都没有留下。这个小屋后来就落入了别家之手，直到拉塞尔爵士把它买过来。

小屋的故事就这么多，要想看小屋的全貌，只有到现场才能体会了。

铁路百年

游客到澳大利亚的旅游小镇凯恩斯（Cairns），通常都是为了去看大堡礁。

在凯恩斯还有另外一项活动，是大部分游客也会参加的：乘坐库兰达热带雨林观光火车（Kuranda Scenic Railway）。这一古老的铁路从凯恩斯一直延伸到被热带雨林覆盖的、群山怀抱中的小镇库兰达（Kuranda），全长37千米，从海拔5米攀高到327米。这条铁路从1882年开始建设，到1891年开始全线通车。

当初这条铁路的建设，当然不是为了看风景。当时的人们还不会有这样的闲情逸致，为了看风景投入如此巨大的工程。大概在1870年左右，淘金热在澳大利亚兴起，现在的库兰达一带也发现了金矿，大量的人翻山越岭涌入。从海边的凯恩斯到山里的库兰达，根本无路可通，热带雨林中毒虫猛兽遍地。由于物质条件跟不上，在山里的几千人不是生病就是挨饿。大家经过讨论，觉得建造铁路是最好的方法。于是从1882年设计路线开始，经过1500多名劳工接近10年的努力，开凿了15条隧道，建立了55座桥梁，其中最长的一座桥为1894米的悬空大木桥，整条铁路于1891年建成通车。

后来淘金热褪去了，这条铁路本身变成了一大景致，逐渐转变为观光铁路。100多年过去了，铁路还是保持着最初建设的原汁原味，连两边的信号灯都是当时的设计。火车车厢也特意保留原状，只是座位换成了更舒适一点的。火车头尽管已经换成了机电车，但外部形状还是最初的样式，喷上当地原住民的彩色图画，两台机车一起把整列火车拉上山。每天，这些有着百年历史的车厢，把几千名观光客送上山顶的库兰达小镇，让大家一路观赏热带雨林的秀美风景，有湍流瀑布，有峭壁峡谷。坐在慢悠悠前行的车厢里，听着车轮撞击铁轨的咔嗒咔嗒声，让人有一种时光倒流、回到了百年前的历史感。

不知道为什么，西方人总是能够一方面在科技方面勇猛前行，不断探索科学技术新的可能，进取精神十足，另一方面又能够把传统精华以及代表传统精华的各种象征（建筑等）保存得如此完好。

到欧洲去，一方面我们感叹“德国工业4.0”的发展和瑞士现代钟表的精致，另一方面，我们到处都能看到保护得十分完好的古老城堡、教堂、墓地和其他文物，并没有因为种种原因（战争、革命或者暴动）被彻底摧毁。在澳大利亚这样一个历史不长的地方，人们更加注重保护哪怕有着一点历史意义的各种设施，同时利用这些设施作为旅游观光的亮点，为现代旅游业服务。

这条铁路不禁让我想起由詹天佑主持修建的京张铁路，大家比较熟悉的八达岭铁路就是它的一部分，它的建设时间和澳大利亚的这条铁路差不多，大约晚了20年，这是我国第一条自主设计的铁路。这条铁路也是由平原开向山区。比库兰达铁路更艰难的是，八达岭铁路要在几十千米内，爬上1000多米高的山岭，同时最长的隧道长度接近2000米。为了解决爬坡问题，詹天佑设计了人字形轨道，为了解决隧道通风问题，詹天佑又发明了竖井，在当时都算是世界一流水平。

在上大学的时候，我曾经从五道口出发，登上当时的绿皮火车去过八达岭。那时的火车还是烧煤的火车头，一声汽笛鸣响，火车头喷出浓浓的蒸汽，让人觉得无比威武雄壮。进入南口山里后，两个火车头同时发力，吭哧吭哧拼命爬坡，汽笛一声，千山回响，万壑共鸣。火车爬坡速度很慢，刚好一路上看山中的无限风光，层峦叠嶂。我还记得从车窗里第一眼看到居庸关门楼时的那种激动，马上想起了范仲淹的词："千嶂里，长烟落日孤城闭。"铁路沿线山峦重叠，峡谷纵横，古长城如巨龙盘旋的感觉，那景象令人终生难忘。现在绿皮火车已经几乎没有了，去八达岭的火车换成了特别高级的动车，爬上千米高的八达岭长城，似乎什么力气都不用的感觉。但与此同时，那种坐绿皮火车的诗意和感觉，可能也荡然无存了。人们的眼睛还没有来得及接触风景，火车就已经到八达岭终点站了。

不知道现在动车用的铁路，是不是当年詹天佑设计的铁路，那个2000米长的隧道，是不是还在使用中。喜新厌旧似乎是中国人的本能，新的一来，旧的就被遗忘了，甚至还会不惜一切代价将其摧毁。北京古城被夷为平地的故事，几乎每个人都熟悉。在当时革命气氛的熏陶下，每个人都唯恐自己被贴上守旧的标签。今天的经济时代，为了效率，更加可以牺牲一切。我在想，如果我们慢一点，今天开往八达岭的绿皮火车还在，让旅游者坐上火车，用一种悠闲的心情，听着车轮和铁轨有节奏的撞击声，看着蒸汽喷舞的火车头拉着长长的旧车厢，慢悠悠向八达岭开去，一路上有足够的时间欣赏车厢两边的无尽风景；朋友或者家人，有足够的时间在车厢里说说笑笑，就像库兰达火车里的情形一样，那该是多么动人的一个场面。车轮下面的铁轨，有着一百多年的历史，那回声在山里响起来，似乎就是詹天佑那一代人追求中国现代化的呼吸。

我知道，每天到八达岭的游客太多，这样的火车和速度，确实承载不了千千万万人要登上长城当好汉的愿望。但现在中国修路建桥开凿隧道的技术那么发达，已经是世界第一了。新的动车或者高铁铁路，也许不用占据老的京张铁路了吧？如果能留下这段承载中国走向现代社会标志的历史遗迹，也许就能够让我们的后人都知道，中国的铁路有着自己艰苦的发展历程，并不是一开始就是300千米/时的高速。

我们需要尊重历史，用郑重的态度保护历史留下来的东西，而不是只为了追求先进，大手一挥就抹掉一个民族的记忆。没有历史记忆的民族，会变得轻浮而迷茫，成为物质财富的奴隶。不知道过去的道路，就不会明白未来的方向。

神本宽容

走在埃及各个神庙里，你会发现刻在墙上的各类神像，多得不可胜数。我刚开始还想努力辨认每位神的身份，最后基本放弃了努力，除了几个特别的神之外，别的就以众神来称呼吧。可以说，埃及远古历史发展的过程，就是神变得越来越多的过程。每征服一个地方，他们就把那个地方的神请进神殿，从此变成众神之一。神的名号和样子也会发生变化。哪个地方变得强大，得到了统治地位，那个地方的神就变成了主神。不同地方的神庙，供奉的也是不同的神，在古埃及人心里不形成任何矛盾和冲突。只有一个主题是不变的，那就是神会帮助人类，给予人力量打败敌人，帮助人获得丰衣足食的生活，帮助人来世复活与永生。这种对于神的崇拜和宽容，映射到俗世就是人的互相理解和宽容，没有严重的宗教冲突，只有不同人群的融合、融合、再融合，最后形成了伟大的帝国和伟大的文明。比如在公元前3000年左右，上埃及的首领美尼斯打败了下埃及，他修改了皇冠，把象征上埃及的白冠和下埃及的红冠，融在了一顶王冠中。

埃及神庙的各种人物浮雕，经历了4000年的风雨，到今天为止看上去还栩栩如生，只有个别地方被风化掉了。不过，当你走进一些神庙，比如菲莱神庙（Philae）、伊德富神庙（Edfu）等，你会发现大量的神像身体面貌都被用凿子一点点凿掉了，神像上布满了密密麻麻的凿坑，整个神像面目全非。这到底是怎么回事呢?

我问了导游，也上网查询了一些信息。大概情况是这样的：在公元前30年左右，埃及变成了罗马帝国的一个行省。罗马帝国也是信多神教的，所以容忍埃及神庙里的神没有任何问题，甚至有的时候还帮助修建神庙。但到了君士坦丁时期（公元313年），基督教变成了东罗马的国教。基督教是一神教，不允许任何其他神的存在。当时的基督教可不像现在一样宽容。基督教是在罗马帝国的一路迫害中成长起来的，但一旦变成国教，就反过来迫害信其他宗教的人，包括原来信多神教的罗马人。基督教很快就传遍了埃及，当时的基督教教徒就把埃及的神庙改成了教堂，教堂中供奉着上帝和耶稣，埃及众神就在四周墙壁上环视着众生。一神教的信仰，加上对于偶像崇拜的禁止，使得基督教教徒变得狭隘而冲动，开始用凿子把这些世界瑰宝级别的雕像一个个凿掉，因此留下了今天千疮百孔的众神像。

每一次人类的不宽容，留下的都是灾难、痛苦和文化的毁灭。不管是信仰还是意识形态，只要容不下别的信仰和思想，不能像房龙所说的那样用宽容心态来对待，文明就会苍白，民族就会狭隘，人与人之间就会产生无穷的敌意。基督教当初对于其他宗教的不容忍，导致了希腊罗马文明的毁灭，那些伟大的雕刻和建筑被摧毁殆尽。现存的从地底下挖掘出来的雕像，也都被弄得断胳膊缺腿。这种狭隘直接把欧洲带进了中世纪的黑暗。

今天的世界，对于不同信仰和思想的宽容，已经变成了主体和共识。极少数的激进分子，原则上应该翻不起大浪。但世界的发展并不总是以大多数人的意志为转移的。谁也不会知道，哪一天极端狭隘的信仰和思想就会回来，让人类再次走进黑暗之中。不要忘记，希特勒法西斯主义的兴起，也是起源于极端的民族主义狂热。

世界依然充满不确定性，我们对于大事件的发生无能为力，但我们还是有能力对我们周围人的思想和行为表示友好和宽容的。让我们为自己创造一种宽容的环境，并且让生命安置其中。

埃及帝王业

古埃及文明的兴盛和国家统一，最主要的原因之一是地理因素。尼罗河两岸一马平川，没有什么天然屏障。所以沿着尼罗河上下移动非常方便，不管是从陆路上还是从水路上，都可以长驱直入，所以尼罗河上下统一只是时间问题。埃及继续向南或者向西，是绵延不断的撒哈拉沙漠，向东是红海。所以敌人接近的唯一路径就是通过地中海或者西奈半岛（Sinai Peninsula）过来。后来的历史也证明了，把古埃及灭掉的人，就是来自地中海周围的希腊人、罗马人和阿拉伯人。

古埃及兴盛了3000年，除了我上面说的地理因素外，最大的一个影响因素是产生了几个伟大的法老。他们带领人民开疆拓土，勇往直前，抵抗侵略，保家卫国，统一文化，达成共识。

埃及的开国之王美尼斯，本来是上埃及的部族首领，领导着他的子民一举征服了下埃及。征服本身并不伟大，征服后的统治才是决定发展的关键。美尼斯在上下埃及的交界处建造了国都孟非斯，这样就把上下埃及连在了一起；其次，美尼斯非常聪明地把下埃及的王冠也合并到了自己的王冠上，把下埃及的神并入了统一的神系中，由于人民没有被区别对待，上下埃及迅速融合成统一的民族。

我们熟悉的建造金字塔的胡夫和他的儿子、孙子，都不算伟大的法老，他们基本把国家财政收入都用在为自己建造陵墓上了。公元前1550年左右，埃及遭受外敌喜克索斯人的入侵。战争催生英雄，图特摩斯三世（Thutmose Ⅲ）应运而生。他被后来人称为“古埃及的拿破仑”，战无不胜，所向无敌。他还有一个比他更加有名的母亲哈特舍普苏特（Hatshepsut），是历史上著名的女王（我们把她比喻为埃及的武则天）。图特摩斯三世征服了叙利亚、巴勒斯坦和埃及更南方的努比亚，把驱逐侵略者的战斗变成了侵略战争，让周围很多小国臣服在了埃及帝国的脚下。

新王国时期最有名的法老是拉美西斯二世（Ramses Ⅱ），他的父亲塞蒂一世（Seti Ⅰ）本身就是一个好战的法老。他墓碑上的铭文是这样的：“法老为战争而发狂，为胜利而祈祷，血与火的跃动让他兴奋无比，斩掉别人的头颅，让敌人粉身碎骨是他的爱好。”拉美西斯二世也是一个喜欢战斗的人，和赫梯帝国血拼了十几年，最后双方讲和，达成了世界历史上第一个和平条约《银版条约》。除了战争外，拉美西斯二世也通过神庙大肆渲染自己的成就和英雄故事，著名的阿布·辛拜勒神庙就是他为自己建造的。在埃及的大部分神庙中，都有他跳上黄金战车、威风凛凛的形象（这是真事，他曾独驾战车，勇闯敌阵）。同时，他还是一个精力过剩的情圣，有上百个妃子和上百个子女。他最宠爱的妃子是奈菲尔塔利（Nefertari），为了表示对她的宠爱，拉美西斯二世在阿布·辛拜勒神庙中专门为她建了一个小神庙，她的雕像和拉美西斯二世的一样高大（法老一般都会把别人雕刻得很小，表示从属地位）。他统治了埃及60多年，是统治时间最长的一个法老，为了表示自己没有老，他在接近90岁的时候还绕着金字塔跑步。他是一个有梦想的人，很像中国的汉武帝，穷尽一切国家实力南征北战，好大喜功，但最后留下一个国库空虚的烂摊子让后代收拾，新王国从此走向了衰败。

最后必须写一下图特摩斯三世的母亲，古埃及唯一的女法老哈特舍普苏特。她是图特摩斯一世与王后阿莫斯的独生女儿。在父王去世时，王位被传给侧室生的儿子，即图特摩斯二世。因为图特摩斯二世没有纯正王室血统，所以为了使王室血统纯正，哈特舍普苏特就嫁给了自己的同父异母的弟弟（兄弟姐妹之间的婚姻，甚至父亲和女儿的婚姻在古埃及王室很普遍）。

图特摩斯二世体弱多病，不久就去世了。他与哈特舍普苏特没有留下合法的继承人，就将侧妃所生的10岁幼儿封为图特摩斯三世。哈特舍普苏特以母后的身份辅佐年幼法老，趁机将国政大权掌握在手中，最后决心要当真正的法老。她让祭司编造故事，宣称自己是太阳神阿蒙的女儿，并废黜了图特摩斯三世，流放他当了祭司，自己登上王位。她为了像男法老一样威严，从加冕开始就女扮男装，戴假胡须，头顶男人王冠，身着宽大法老袍。在她执政期间，埃及停止了对外战争，开始了与邻国的商贸，使埃及在她执政期间变得十分繁华富庶。哈特舍普苏特在位21年后去世，图特摩斯三世在神庙祭司的支持下又夺回了王位。前面说过，图特摩斯三世是一位性格刚烈的战神，为了报复篡夺他王位的母后，他下令将位于帝王谷的女王神殿、卡纳克神庙等刻有哈特舍普苏特名字和肖像的雕刻和壁画毁掉，消灭她治国的痕迹。直到现在，要找到有她容貌的雕像，也非常不容易。

几千年的世界历史中，帝王来来去去，舞台上的主角换了又换。金字塔的每一块石头、神庙上的每一座雕像，都是普通人民一点点创造出来的。这些雕像记录着帝王的功绩和荣誉，但背后的人民，早就已经湮没无闻，消失在漫漫历史的长河中。

金字塔的前世今生

想到埃及，大家第一个想到的一定是金字塔。开罗西郊吉萨金字塔群（Giza）的各种照片，传遍世界每个角落。

金字塔是埃及法老的陵墓。在埃及尼罗河西岸，能够找到的金字塔有90多座，最高的是胡夫（Khufu）金字塔，137米。原来有146米，上面的9米没有了，据说风化掉了。我觉得风化不太可能，被人撬掉倒是有可能的。最小的金字塔也就10米高。还有一些不起眼的金字塔，或者没有造完的金字塔，被埋在了风沙之下。现代考古学家通过卫星红外遥感技术，已经在沙漠下发现了一些疑似金字塔的框架。

法老墓葬的变迁是这样的：最早的墓葬就是在地面上建一个墓

室，然后在墓室上盖一层石板，有点像一层的平顶房，这样的墓室叫“马斯塔巴”（Mastaba）。这样的墓现在能找到的很少，大部分早被沙漠掩埋了。到了公元前2650年，出现了一位很有作为的法老左塞尔（Djoser），他的医生伊姆荷泰普（Imhotep）为了彰显他的高大，设计出了梯形金字塔，将石块一层层垒上去，垒了6层。这是埃及出现的第一座金字塔。到了第四王朝，公元前2570年，法老萨夫罗（Snofru）为自己建了真正意义上的金字塔，结果角度没有设计好，不得不弯曲收顶，现在就叫弯曲金字塔。萨夫罗不满意，建了第二座金字塔，现在叫红色金字塔。但由于角度比较平缓，尽管高度也有104米，看上去却不那么雄壮。到胡夫建金字塔的时候，技术已经成熟，所以建成了今天看到的壮观的胡夫金字塔、他儿子的卡夫拉（Khafra）金字塔和孙子的门卡乌拉（Menkaura）金字塔。有研究说金字塔这么完美，是外星人所建，显然这么说基本没有依据。金字塔的演进，表明了人类的技术是在实践中不断进步的。建设金字塔的石块是从遥远的山里开采出来，再通过尼罗河运来。原来的尼罗河就在金字塔前面不远。后来尼罗河改道，现在的尼罗河古道上已经建筑林立了。建金字塔的石头最重的有50吨，最轻的也有2吨左右。古代人有能力把石头搬过来吗？答案是有。你到卢克索的卡尔纳克神庙前面，看了整块花岗岩凿出来的方尖碑，你就相信了。那是几十米高、几百吨重的石头，他们照样运过来，并且将它竖了起来。

到金字塔去玩，有几件事情一定要做。第一是上塔前，一定要到旁边的米娜宫万豪酒店（Mena House Hotel）去一下，里面环境特别好，曾是1945年开罗会议的会址，现在归万豪集团管理。在露天水池边，一边喝着下午茶，一边远眺金字塔，别有历史和生活的结合感。第二是到了金字塔，胡夫金字塔的内部一定要去看看，这个需要另外买票。当你从金字塔内部2米宽、8米高的上升坡道一点点爬向中央的墓室时，那种神秘、惊讶和震撼，是我在其他任何建筑里都不曾体验到的。进入墓室不再等于死亡，而是进入了升天和复活的过程。第三是一定要骑上骆驼，以金字塔为背景照一张相，尽管这个行为很俗，但在沙漠中以金字塔为背景的照片，是一种天地宏大、人类恒久的象征。

帝王的雄心，常常是以老百姓的艰辛为代价的。尽管有研究说，修建金字塔的人不是奴隶，是自愿过来劳动的老百姓，他们是怀着虔诚之心来为法老服务的。但修建金字塔的财力和资源，一定都是由老百姓分摊的。古代帝王一般都做两件事情，一是通过战争扩大自己的地盘，二是通过建筑弘扬自己的成就，最后受苦的都是老百姓。不过人类作为群体动物，也不能群龙无首，所以领袖人物就必然出现，出现就必然专权，必然利用手中的权威为自己服务。不过站在今天的角度看，古代帝王的好大喜功，也算间接为后来的老百姓带来了福利。金字塔本身的目的，是帝王为了自己建造陵墓复活永生，但客观上，今天埃及接近一亿人口，他们很大的一部分收入都是来自全世界人民到埃及参观金字塔和法老们的木乃伊所用的花费。法老们用一种意想不到的方式，养活了他们几千年后的子民们。

今天的社会，最美好的事情，不是没有领袖或者领袖变得不那么重要，而是人类体制的完善，让掌权者能够理性运用手中的权力，不再仅仅为自己和一小撮人谋福利，而是需要时时牢记老百姓的福祉。领袖们和老百姓在几千年的博弈之后，终于大概知道如何找到一个利益和权利的平衡点了。

以艺术的方式永生

在埃及一个星期的匆匆行走，给我留下最深印象的，不是金字塔的高大，不是神庙的雄壮，也不是古陵墓的幽深，而是神庙墙壁柱子上的雕像和浮雕，还有墓室里色彩鲜艳的壁画和装饰。

神庙外面树立的大雕像，一般都比较简单易辨，基本都是历代法老的形象放大，其中以拉美西斯二世的雕像为最多。这些雕像雄伟高大，朴素浑厚，但和古希腊雕像的精细优雅相比，还属于较为原始的阶段。

但神庙上的浮雕是如此丰富多彩，让人眼花缭乱，目不暇接。尽管雕刻的人物大多数比较程式化和凝固化，但人物的表情已经可以看出细微的区别。浮雕的人物主要以神和人为主，除了描绘男性的孔武有力之外，也描绘了女性的神和人的细腻柔美。半裸体的女性雕刻既充满了肉欲的张力，也反映了人们对于生命的渴望。从雕像可以看出，古埃及在男女关系方面应该比较开放，完全没有中国封建礼教束缚的感觉。最让人惊奇的是，在4000年前，埃及艺术家们对于细节的刻画就已经如此到位。浮雕中的动物和植物，都已经表现得惟妙惟肖，就像每个动物都是以标本形式粘贴上去的感觉。

现在看神庙的浮雕，因为当时涂上去的色彩已经褪尽，所以看上去不是那么亮眼。如果你走进卢克索西岸（古代叫底比斯，古埃及首都之一，在希腊人那里，底比斯被作为古代文明的发祥地之一屡屡提及，就像今天我们提及2000年前的希腊罗马一样），走进3500年前开凿的帝王陵寝，再看里面的壁画和浮雕，它们的美丽灿烂和它们体现出的气质，只能用令人不禁凝神屏气地惊叹来形容。我们一想起陵墓，就会想起各种恐怖的意象：那种黑暗、潮湿和阴森森的感觉，那种疑神疑鬼的气氛，那种关于陵墓的可怕传说，一股脑儿就涌上来了。我到过北京十三陵定陵地宫，感到的就是那种阴沉沉的压抑氛围。我在进入帝王谷陵墓之前，就是这样想的。为了有所体验，硬着头皮进去了，结果发现自己仿佛不是进了陵墓，而是进了埃及古代艺术博物馆。

帝王谷总共有60多个法老陵墓，但游客去参观有限制，一张票只能进去三个陵墓。另外两个著名的陵墓：一个是图坦哈蒙（Tutankhamen）陵墓，就是那个完全没有被破坏、完整发掘出来的18岁年轻法老的陵墓；另一个是最大的陵墓，拉美西斯二世父亲塞蒂一世的陵墓。这两个陵墓都需要另外买票进去。塞蒂的陵墓票价最贵，要1000埃镑一张票。最有名的法老拉美西斯二世的陵墓不开放，唯一的女法老哈特舍普苏特的陵墓也不开放。我总共看了5个陵墓：图坦哈蒙陵墓、塞蒂陵墓、拉美西斯三世（Ramses Ⅲ）陵墓、麦伦普塔赫（Merneptah）陵墓和拉美西斯九世（Ramses Ⅸ）陵墓。

法老的陵墓都是在山中开凿出来的，通常由过道、前室、第二过道、墓室、侧室等构成，最大的陵墓长200多米，最大的墓室有几百平方米，想想这么大的墓室，就是用铁钎或者铜钎（当时还没有钢），一凿子一凿子地凿出来的，其工程浩大和不易，能够与之相比的，大概就是中国的云冈石窟或者龙门石窟。而你走进陵墓，会发现这里所展示的艺术境界和图画魅力，丝毫不亚于中国的各大石窟。由于陵墓内干燥，并且长时间封闭，所以风化不严重，壁画和雕刻的色彩，一如3500年前一样鲜艳。从墓道开始，两边都是彩色的古埃及象形文字，诉说着法老的生平故事，接着有各种神像出现，然后是帝王的生活场景和普通百姓生活场景的图画，此外最令人震撼的还有各种动物的雕塑，虽比例不完全协调，但灵气十足。

在这里，你会完全忘记自己是在墓室里，而去专注于每一幅画面、每一位人物、每一段可能的故事情节。可惜参观的人太多，熙熙攘攘的，感觉似乎不是在墓里，而是在集市上。唯一安静些的地方是，到了塞蒂的墓里，就只有我们几个人，可以静心欣赏，但这一次可惜连导游也没有来过里面，也不知道如何讲解。而允许在陵墓里讲解的当地工作人员，英文一塌糊涂，我们完全不知道他在说什么。导游讲解完了还要伸手要钱，让我想起了“棺材里伸手——死要钱”的中国歇后语来。我进来的时候，以为陵墓里面没有什么可看的，连额外照相的票都没有买（在埃及，到了神庙或者陵墓里，如果你想要照相，需要额外付钱），结果陵墓里的图片，一张都没有拍下来。这是我留下的一大遗憾，下次一定要去补上。但让我惊奇的是，一批买了照相票的游客，不照墙上精美的壁画，却站在墓里给自己照相，让人有点无言以对了。

法老想要让自己永生，肉体的永生似乎渺无踪影，但他们的永生以艺术的方式实现了。由此我们得到一个启示，任何肉体上的永生，或者生活的荣华富贵，都是不具有永久意义的。而不管是有意还是无意为人类创造的精神财富，或者说是让人们的精神世界变丰富的东西，才是代代相传，得以永生的根基。“旧时王谢堂前燕，飞入寻常百姓家。”再豪华的宫殿，也有灰飞烟灭的时候，但曹雪芹曾经住过的北京西山那栋土房子，到今天还在散发着文化光芒，被一代代人保护下来，那是因为曹雪芹在那里住过，并且写了一本万世流传的《红楼梦》。

协和广场上白鸽飞翔

到巴黎的第一天，因为倒时差，我迷迷糊糊睡了5个小时，早上3点就起来了。工作到7点，天还没亮。巴黎纬度较高，相当于中国的齐齐哈尔，到了冬天，天亮得晚、黑得早。我打算出去走走，在前台问明道路，步行到塞纳河边看风景。走着走着，就走到了协和广场。

协和广场有很多历史故事。路易十六和他的皇后，就是在这里被送上断头台的。在断头台发明前，刽子手用斧子砍头，常常一斧子下去把人砍得七零八落，后来有个叫约瑟夫·吉约坦（Joseph Guillotin）的人发明了断头台，所以断头台就叫Guillotine。断头台的铡刀从高处落下，能够精准地把人的脖子切断，受刑的人可能连喊一声都来不及就身首异处了。路易十六还亲自参与了断头台的改进，没有想到改进后的断头台，刀落在了他自己的脖子上。法国大革命的领导者罗伯斯比尔（Robespierre），从一个反对极刑的法官，在革命中成为极刑的坚决执行者，除了处死国王，还处死了几万贵族。协和广场血流成河，整个巴黎一片血腥。罗伯斯比尔杀红了眼，停不下手，继续处死和自己观点不一致的同道。著名的丹东（Danton），新共和国政府的首脑，也在协和广场上被处死。暴力一旦起来，就像森林大火不可阻挡，不分善恶，焚毁一切。在和平时期充满人性的人，也会变得暴虐无常，如恶魔附身。罗伯斯比尔自己，后来也在同一座断头台上被处死。这可能是他自己也想不到的事情。不知道在他不断杀人的时候，是否也像隋炀帝一样，摸着自己头颅说过：好一颗头颅，由谁来砍？

协和广场，最初叫“路易十五广场”，因为是路易十五建造的。后来法国大革命期间，改名为“革命广场”。再后来，大家一想起革命，就想起血淋淋的场面，希望人间惨剧不要再次发生，就改成了协和广场。

今天，广场周围车水马龙，广场上鸽子自由飞翔，很难想象这里曾经是法国大革命最恐怖的地方。人们曾经在这里，排着队走上了断头台。据说有的贵族在排队的时候还互相谦让，有的人手里拿着书，边读边走向了断头台。历史进步到今天，理性和宽容依然没有主导人类的生活。法国因为有大革命的传统，保留了动不动就会走上大街游行的传统。自由、平等、博爱，成为法国人血液里的基因。今天法国“黄马甲”的骚乱，其实可以看作是法国大革命精神的一种延续。不过这种延续，也许已经远远偏离了自由、平等、博爱的核心，变成了为闹事而闹事的感觉。

天空开始下起迷迷蒙蒙的小雨，我在雨中穿过纵横交错的巴黎小街。这些小街，当初革命的时候，曾经被堆上沙包和家具，作为义勇军对抗保皇军的堡垒。现在，小街的两边，已经成为名满天下的奢侈品商店的所在地。法国人也终于懂得：革命诚可贵，皮包价更高，若为自由故，两者皆可抛。

塞纳河畔先贤祠

先贤祠（Le Panthéon），直译为“万神殿”，和古罗马的万神殿是同一个词。这里安葬着近百位为法国的精神、思想、文明发展做出过杰出贡献的人物：卢梭、伏尔泰、雨果、大仲马、左拉等。把这个地方命名为Panthéon，也许是因为在法国人民心中，所有安息在这里的人，都有着神一样崇高的地位吧。

最初，这个地方实际上是个教堂。路易十五生了一场大病，在病中他许愿，如果身体得以康复，就建一座教堂来供奉上帝。后来他身体好了，就建了现在叫先贤祠的这个大教堂。法国大革命后，这里废止了教堂功能，把法国一些优秀的思想家安葬在里面，卢梭和伏尔泰是被最早安葬的一批。后来法国形势动荡，一会儿复辟，一会儿革命，这个地方也不断变身，一会儿成为教堂，一会儿成为纪念堂。1885年，法国为雨果在这里举行了国葬。此后，国会最终决定，这个地方将永久成为法国思想、精神、文化领域伟大人物的纪念堂，定名为Panthéon。

先贤祠的外观十分壮观：巨大的前殿，几十根廊柱，十分雄伟肃穆。在廊柱上面的三角楣上镌刻着铭文："Aux grands hommes, la Patrie reconnaissante.（伟人们，祖国感念你们。）"进入先贤祠，一层大堂通透宏伟，四周的壁画和雕像有种震撼性的力量。可惜我时间不够，没法一一细看。

在进入地宫前，我心里就想，安葬了这么多伟人的地宫，会是什么样子呢？进去后发现，地宫十分宽敞，奶黄色的石头为主色调，加上柔和的灯光，给人一种安宁神圣的感觉。地宫两旁的侧厅安装着伟人的棺，最前面的两人，右手边是卢梭，左手边是伏尔泰。这两位是法国近代主要思想的奠基人，也是最早迁入先贤祠的伟人。再向里延伸的各个侧室，都安葬着不同的人。我找到了雨果的墓室，结果发现与他安葬在一起的还有大仲马、左拉。如果这些人的灵魂还在，那他们每天的交流该有多么热闹和丰富啊。整个地宫住满了这么多有智慧的人，他们的争论该是怎样的精彩呢？会不会因为不同的观点打起来？这让我想起了拉斐尔的画作《雅典学院》，里面的人物全部是古代圣贤，跨越了不同时代进行交流。世界的发展方向，人类的思想高度，都是由这些人奠定的。是他们不断引领着人类，走向进步和文明。

在中国，我们也参观陵墓。但中国的大多数陵墓，不是帝王将相的，就是忠臣家奴的。一个国家对什么样的历史人物表达最高尊重，就意味着这个国家崇尚什么样的价值体系。也许，中国也应该为那些奠定了中国文化和思想基础的人物，和推动中国进步与发展的人物，建一个纪念堂。入堂享祭的不是帝王将相，不是达官贵人，而是推动中国文明发展，为中华民族思想进步、为人民的尊严和幸福全心努力、鞠躬尽瘁的人。

不畏权贵，只为人民，我们能够找到多少这样的人呢?

04

在镜子的对面思索人生

当人类与河流和平相处

当我们登上奥地利航空公司OS063航班，在夕阳照耀的天空下飞向北京时，机翼下，美丽的城市维也纳逐渐远去，蓝色多瑙河像一条丝带，在阳光下闪着金色的光芒。

从落地柏林开始，这次整整十天的旅行中，我没有太多的计划，没有太多的目的，就是出来走一走。也许走一走本身就是目的了。走了，看了，生命得到某种充实，心情得到某种改变，就挺圆满的。做事情是否有目的，需要看具体情况而定，生命中有些事情有很强的目的性，并不是一件坏事。比如努力通过某种考试，过程并不一定愉快，但达到目的可以得到成就，可以因此改变人生道路，所以我们就应该心无旁骛，全力向目标冲刺。但有些事情一旦有了目的，就不好玩了，比如饮食，如果就是为了吃饱肚子，就会索然无味，但如果精心品味每一道菜，则每一道菜都有可能变成生命的盛宴。人从出生的那一天起，就注定了肉体的目的地不那么好玩，因为没有一个人能够逃脱死亡的结局，但人出生是为了生活，不是为了走向死亡。生活是一种过程的享受，就有了七情六欲的五彩斑斓，有了精神灵魂的领悟喜悦。因此，人的一生是体验的一生，体验生命过程中的千变万化，体验七情六欲的各种幻灭和升华，体验生生死死间的悲欢离合，体验尘世无常后的精神永恒。

生命如白驹过隙，如此匆匆。生命需要体验的东西实在太多，只是让人觉得来不及：怎么一眨眼几十年就过去了呢？该读的书还没有读，该走的路还没有走，该放弃的没有放弃，该坚守的却坚守不住。已经很努力了，但总觉得生命还在空虚之中挣扎，得到的不是自己想要的，想要的也许已经永远得不到了。也许从现在开始，做任何一件事情我都应该问自己一下：这真的是你想要的吗？

是的，这次的欧洲之行尽管出于偶然，但确实就是我自己想要的，是一种灵魂的需要。布拉格的古老街道，布达佩斯的两岸夜色，维也纳的金色剧院，还有那绵延起伏的丘陵，蜿蜒奔腾的河流，平静如镜的湖泊，已经多少年萦回在梦里，升腾在胸中，灵与肉都在等待着踏上这片土地的一刻。10天，是一段时间太短的旅行，但对于一个饥渴的人来说，一口水也能够部分消解掉痛苦。在浮光掠影之后，未来再来细细品味吧。

在迫切心情的驱使下，我们10天内走了5个国家、9个城市，从德国的柏林、波茨坦，到捷克的布拉格，再到波兰的奥斯威辛、克拉科夫，然后穿越斯洛伐克，到匈牙利的布达佩斯，最后到达奥地利的小镇鲁斯特，再从鲁斯特到维也纳结束旅程。整个路程驱车近2000千米，经过几十条乡村公路和高速大道，从古老的城市走向茂密的森林，从牛羊满坡的草地进入繁华热闹的都市。一路或白云飘舞，或艳阳高照，或云蒸霞蔚，或阴霾苦雨，一路被历史洗礼，被文化冲击，被美丽陶醉，被故事震撼。

走过这些欧洲的城市，最大的感受是，几乎每个城市都有一条河流从城中穿过，极大地符合了人类逐水而居的性格。这些河流像母亲的乳汁一样养育了城市，繁荣了城市，使一个城市有了生气和灵气，有了生命和灵动。当一条河流把城市串起来，就像一根美丽的线串起了美丽的珍珠。奥得河–施普雷河运河（Oder-Spree Kan.）从柏林城穿过，努特河（Nuthe）从波茨坦流过，而古城德雷斯顿就坐落在易北河两岸，易北河的支流伏尔塔瓦河（Vltavou）养育了布拉格的美丽和文化，而穿过克拉科夫的维斯瓦河（Weichsel），优雅地在城市边上拐了一个美丽的河湾之后，留下了一座充满传说的城市，和河面上令人流连忘返的歌声。我们穿越美丽的斯洛伐克，沿着山间清澈的河流，经过一个个古城堡，来到布达佩斯时，刚好够时间把车开到多瑙河边上的自由女神山上，看夕阳给这座古城披上金黄色的薄纱，在这层薄纱下，两岸的每一栋古老建筑都散发出神话一样的光芒。多瑙河在夕阳下熠熠闪光，像玉带袅娜地围在美女的腰上。不错，布达佩斯确实是一座像少女般充满青春活力的城市，尽管她有着如此古老的历史。离开布达佩斯，我们沿着多瑙河上行，最后到达了世界音乐之都维也纳，一曲《蓝色的多瑙河》，一定能够让大家瞬间体会到音乐和自然交融所带来的魅力，当你听着这首曲子在维也纳的多瑙河边散步，一定能体会音乐与自然之间那紧密的联系。

河流最早把人类带到自己身边，人类在河边创造了历史，留下了自己的足迹和文化，留下了世世代代的繁衍和生生不息的痕迹。当然，每一条表面上温柔的河流，都曾经有过狂野不羁和愤怒暴躁的时候。在河流边上的每一个城市，都有过被河流淹没和冲毁的历史。1960年的大洪水，一夜之间毁灭了布达佩斯这个城市6万人的生命。因为害怕洪水，人类曾经有段时间远离河边的城市，但最终又都走了回来，因为大部分河流在发完脾气后，更多的时候展示出的是养育生命的柔情。人类也逐渐学会了和河流相处，我们走过的城市，大部分都已经建设了非常完备的洪水防范机制，通过这些努力，人类和河流最终能够和平相处。

欧洲的古老城市，尽管不少都经历过战火与侵略，毁灭与掠夺，但总体上对于城市历史和历史古迹的保护，要比中国做得好很多。除了柏林之外，不管是德雷斯顿还是布拉格，不管是克拉科夫还是布达佩斯，上千年、几百年的建筑比比皆是，不少建筑一直都在使用中，或商业或住宅，都整治得非常漂亮，保护得非常完整。这些城市原来都在东欧的范围内，经历过几十年的社会主义建设。在我的想象中，社会主义建设的特点是不惜一切代价拆除旧世界。在北京我们除了故宫和颐和园等古迹，几乎找不到更多古老的痕迹。我以为东欧城市的古老建筑应该很少，但事实上，几十年的社会动荡并没有使东欧的这些古老城市受到太大的伤害。要说伤害，也许是因为曾经贫困，缺少修缮，有些建筑能够看出破损的样子。因此，我们可以部分得出结论，欧洲人不管在什么社会环境下，对于历史和代表历史的建筑等，都表示了足够的继承和尊重。只有柏林是一座没有古老建筑的城市，那是因为在二战的时候，盟军的炸弹，尤其是苏联的炸弹，把柏林90%的地方都炸成了一片平地。而这一悲惨的结局，不能怨盟军，只能怨德国曾经如此不理性地接纳了希特勒这样一个恶魔般的人物，差点把全世界和德国同时带向末日。

只有尊重和宽容，才是希望之光

在摩洛哥，只要有城市和村庄的地方，就能够看到清真寺。清真寺一眼就能够被分辨出来，因为清真寺必和宣礼塔连在一起。宣礼塔通常是当地最高的建筑，一个四方塔，高高耸立在城市或村庄的上空。

不信伊斯兰教的人，通常不允许进入清真寺。在卡萨布兰卡的哈桑二世清真寺（Hassan Ⅱ Mosque）算是个例外，可以买门票参观。门票不便宜，120迪拉姆一张，而且只能在规定的时间进入。哈桑二世清真寺是伊斯兰教第三大清真寺，历史不长，1983年在当时的国王哈桑二世建议下修建。摩洛哥独立之后的三位国王都比较有建树，第一任穆罕默德五世（Muhammad Ⅴ），第二任哈桑二世，现任穆罕默德六世（Muhammad Ⅵ）。这几任国王都比较开明，在宗教态度上宽容，政体上实现了君主立宪制，把王国变成了带有强烈民主色彩的国家，光是政党就有30多个。当然，这些政党都有一个前提条件，必须在不违反伊斯兰教教义价值观的基础上开展活动。这个国家的开明也和曾经的被殖民历史有关，法国和西班牙的殖民，把西方文化和生活方式引入了这个国家。在马路上，迎面走来的妇女大部分都不穿传统纱袍，也不遮住面孔，自然大方地走着。尤其是年轻女孩，不少已经穿着比较开放的服装。也正是这样的开放态度，使摩洛哥成了最受世界人民喜爱的旅游胜地之一，每年都有几百万游客涌入摩洛哥。这个国家的国民经济总收入才不到300亿美元，而旅游一项，就带来近百亿美元的收入。哈桑二世清真寺紧靠海边，主塔高达200米，是整个城市最高的建筑，向西远眺大西洋，向东俯瞰整个卡萨布兰卡老城区，气势磅礴，鹤立鸡群。整个清真寺建设考究，使用了最现代化的设备和建筑材料，屋顶可以开合（一般在重大庆典或节日时才会打开），所有的门窗都使用钛合金材料，防止因为海水潮气而生锈。塔顶的激光灯能够刺穿三十几千米的夜空，方向直指伊斯兰教圣地麦加。清真寺前面的广场开阔巨大，是大家休闲散步的好地方，每逢重大节日和集会，广场可以容纳至少10万之众。

每一座城市都有大量的清真寺。古城非斯的清真寺最多的时候接近800座，可谓鳞次栉比，现在整个古城的清真寺数量仍然接近300座。站在城外的高坡上俯瞰古城，数不清的宣礼塔矗立在古城单调的白黄色房子上空。到了规定的钟点，每个宣礼塔都会响起此起彼伏、嘹亮悠长的诵经声。在古代，诵经声不知道通过什么传播，现在很多宣礼塔都安装了高音喇叭，声音能够送出数里之外。有好几个清晨，我在睡梦中被诵经声惊醒。在晨光熹微中，抑扬顿挫的声音或再次把我带入睡眠，或干脆召唤我起床沉思。有几次我披衣坐在宾馆露台上，静静等待东方日出，同时看月亮西沉，感受古城上空的静谧。

非斯有两个和清真寺相关的地方值得一去，一个是布伊纳尼亚神学院（Medersa bou Inania），一个是卡拉维因大学（Jami'a Qarawiyyin）。布伊纳尼亚神学院建于14世纪，是非斯第一座传播伊斯兰教教义的学院。这里允许游客参观，跨进看上去很普通的大门，里面的装饰十分精致，大天井和屋子里的屋檐、墙壁上，都是十分细致的石膏雕花和木头雕刻，不少是《古兰经》的经文。在另一条小巷的卡拉维因大学，其前身就是一座清真寺，最后转变成了最早的伊斯兰教大学，也是世界上最古老的大学之一。大学里最早学习的内容是《古兰经》诵读及其注释、圣训、教义、教法和语言文学课等。后来该校逐步改革教学体制和内容，采取了现代高等教育体制，除了伊斯兰教教义课程，还增设了法学等学科，在校学生近2000名。但这次我们去时，刚好赶上穆罕默德生日庆祝，学校连续放假4天，游客不得其门而入。当地导游在门口死缠烂打，说服看大门的守卫把大门打开，以10迪拉姆的小费为代价，让我们在门口照了几张照片。

最令人印象深刻的还是一路走过的摩洛哥的原野村庄，哪怕再小的村庄也会有一个小小的清真寺和宣礼塔。哪怕整个村庄都是泥巴房子，宣礼塔也一定是砖砌的两三层楼建筑。伊斯兰教的传播，深入国家的每个角落。在摩洛哥，95%以上的人信仰伊斯兰教，不管是阿拉伯人，还是当地的原住民柏柏尔人，大部分都是伊斯兰教教徒。我在欧洲旅行的时候，看到欧洲大部分的小镇和村庄，有或大或小的教堂，其含义和这里的清真寺如出一辙，都是把宗教教义和信仰渗透到人类所在的每个角落。不管是清真寺还是教堂，除了宣扬教义，还发挥着另外一个作用：它们是人们定期聚会的地方，通过相聚，不仅达到了宗教上更加统一的效果，还让人们之间互相依赖的纽带变得强大，让人们相聚之时变得更有归属感和凝聚力。

中国古代曾经风行佛教，“南朝四百八十寺，多少楼台烟雨中”。佛教的教义让人放弃尘世，佛教活动也没有真正融入日常生活和社群。信教的人最好不吃肉不结婚，进入彻底清心寡欲的状态。这样严酷的要求，大部分人都做不到。从统治者的角度看，当越来越多的人去当和尚和尼姑，寺庙拥有大量的土地而且不交税时，帝国既丧失了某种经济来源，又失去了手工时代非常重要的劳动力和兵源，所以灭佛运动在中国几经兴起，就一点都不奇怪了。另外，伊斯兰教和天主教（或基督教）都有固定的宗教仪式，让普通教徒定期参与，强化了宗教归属感和群体感。佛教尽管也讲经说法，但都是随兴而起，不是需要定期参与的一项活动，所以就显得散漫，所谓“无事不登三宝殿”，大概就是这样来的。也因此，中国人民养成了面对宗教的功利心态，遇到事情才会想起来拜佛，一进庙堂就和佛做生意：满足我的愿望我就给你上香上供，否则就再见。

和伊斯兰教、天主教相比，佛教的好处一直是自愿信仰，比较宽容，人们很少被强迫，而且信仰佛教的同时信点别的什么也没关系。中国人家里常常除了放佛像，还会放上关公、财神等。伊斯兰教和天主教都是一神教，你信了真主和上帝，就不能再信别的东西。在历史上，这两个宗教为了强迫别人信仰，都发生过残酷的迫害事件，凡是不信教或者信其他宗教的人，都被看作异教徒，必须改信归宗，否则就被杀戮。世界上最残酷的战争，不少都是因为宗教引起的，不是不同宗教之间的战争，就是同一宗教内不同派别之间的战争，导致千万人丧命。时至今日，不同宗教之间开始学会了和平相处，但宗教激进分子依然时时幽灵一样出现，给人类带来巨大的恐惧和阴影。

人类历史几千年发展，在科学技术方面取得了巨大进步。这些进步可喜可贺，但并没有带来巨大的人性进步和改善。应该说，人类最重要的进步，不是科技的进步，而是人性的进步和思想的解放。只有当人类达成真正的共识，以善意来对待周围不同人群，以宽容来面对不同信仰和习惯，人类才能够进入和谐幸福、平等尊严的门槛。摩洛哥可以说在这方面做出了榜样，在这里，不同信仰的人们之间也能够宽容、和谐相处，互相尊重，安宁生活。在摩洛哥北部直布罗陀海峡边的老城丹吉尔，犹太人和阿拉伯人相邻而居，不同教派的学校比邻而建，人们在小巷相遇，会互为致礼，这种场景，也许预示了人类未来的基本出路，因为只有尊重和宽容才是人类未来的希望之光，除此之外，人类别无自我解救之道。

在镜子的对面思索人生 04

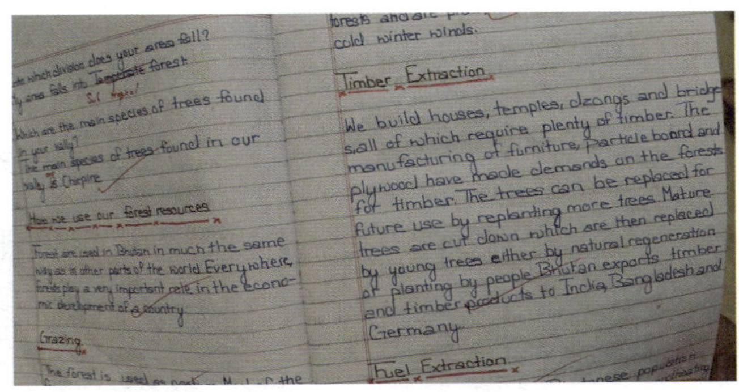
Which are the main species of trees found
in your vally?
The main species of trees found in our
vally is Chirpine
How we use our forest resources
Forest are used in Bhutan in much the same
way as in other parts of the world. Everywhere,
forests play a very important role in the econo-
mic development of a country
Grazing
cold winter winds.
Timber Extraction
We build houses, temples, dzongs and bridges
all of which require plenty of timber. The
manufacturing of furniture, Particle board and
plywood have made demands on the forests
for timber. The trees can be replaced for
future use by replanting more trees. Mature
trees are cut down which are then replaced
by young trees either by natural regeneration
or planting by people. Bhutan exports timber
and timber products to India, Bangladesh and
Germany.
Fuel Extraction

在镜子的对面思索人生 04

在镜子的对面思索人生 04

在老城和新城之间

摩洛哥尽管是个小国家，但大小城市也有几十个，不少城市都有自己的特色，从城市的历史到城市的颜色，各有自己的故事。在摩洛哥旅行，就是从一个城市走向另一个城市，在不同城市体会不同味道的过程。

不管城市的颜色和历史多么不同，走了很多摩洛哥城市，有一点是基本相同的，就是每个城市大致都分为老城和新城。这种划分使得摩洛哥所有老城的历史和风貌得以完美保存，今天再现于世人面前，形成强大的文化和历史魅力，让全世界的游客在各个城市的大街小巷穿行观光，在古色古香的寺院民居里品味光阴。新城基本都造在老城边上，现代化的公寓楼，巨大的商场，宽阔的马路，一应俱全。大多数居民都在新城生活，在老城区从事旅游工作，形成了良好的互补和呼应。不知道当初是谁的决定，老城没有拆除，只是进行得体的维修。这一明智选择的结果，是给今天的世界留下了无比宝贵的文化遗产。摩洛哥光是进入世界文化遗产名录的城市就达到10个左右。整体来说，摩洛哥是一个温和的国家，历史上尽管有过变革，但从来没有出现过革命或者激进运动，人们能够心平气和地对待过去的历史，潜移默化地接受世界上新的理念，不动声色地走向未来。因此，在摩洛哥这样一个小国家，我们居然能够感受到一种沉静和大气。想象一下，如果中国近100年不这么玩命折腾，要是一个个古城还在，中国在世界面前，将会是怎样一个同时充满古意和新锐的魅力国家啊。

随着城市的发展，全世界都面临的一个问题是，城市居住的人口越来越多，老城会明显不够用，大部分国家都会选择在老城边上建设新城。那些不管不顾推倒老城、彻底重建的做法并不是很多。因为一旦推倒老城，就等于把城市的历史和文化一起推倒。现在中国的任何一个城市，要找到老城区已经难上加难，任何人只要离开家乡十年，再回去寻找自己小时候生活过的街道，几乎都踪影难觅。在失去老城的同时，中国几代人失去了童年的回忆和对于故乡的眷恋。现在我们大部分人住在现代化的公寓楼里，生活条件得到了改善，但灵魂却常常无所归依，只能在虚空中叹息不止。我家乡的小镇，美丽的青石板街道和街道两边木门青砖的瓦房都被夷为平地，让位于一栋栋没有品位、长相难看的水泥楼。从此以后，我再也没有了回到家乡的一点欲望，那种江南水乡烟雨朦胧的感觉，只能时时在梦中出现，醒来时就变成了呜咽。到了近几年，我们突然从经济角度发现，古城可以变成挣钱的工具。但除了可怜的周庄、丽江、乌镇等几处外，古城几乎已经都被拆除。于是在全国各地，一座座假古城拔地而起，各种仿古建筑遍及南北。这些建筑东施效颦，质量拙劣，犹如暴发户穿上了不得体的皇家大袍，望之令人顿生小丑之感。

在这里，真心向摩洛哥人民致敬，每走进一座古城，都会多一份敬意。每个古城的保护都如此完整，几乎所有的古城都不允许汽车进入。在非斯、丹吉尔这样的地方，古城街道保持着最原始的状态，狭窄的街道和小巷，只能允许人们徒步在里面徜徉，每一道门和每一堵墙，都显示出时间的沧桑和历史的内涵。不少名人住过的房子也都做出标记，透露出某种有底气的骄傲。在街道两边小商店里劳作的人们，不管是卖皮革、铜器、地毯的，还是卖古玩的，脸上都带有一副悠闲自得的神气。我从门前走过时，他们会叫卖几声，常常是用日语和我们打招呼，这表明日本人来这里比中国人要多一些。当我们告诉他们是中国来的，不少人会改成“你好”来问候，可见这几年中国人也来得比较多了。如果你露出想买的样子，他们就会热情倍增，你要是真心砍价，一般砍下开价的2/3基本没有问题。也许这种做买卖的方式，千年之前就是这样的吧。有些古城游客众多，比如在马拉喀什、非斯等地，小商贩明显狡猾很多；到了更加安静一点的古城，比如舍夫沙万和丹吉尔，那里的小商贩就实诚很多。任何一个古城都有老百姓居住在里面，生活也许不方便，但祖祖辈辈好像就是放不下这片地方，因为这里是家族的血脉所在。在非斯，驴子变成了日常运送物资的工具，被称为古城里的UPS（美国一家快递公司）。政府也在不破坏城市结构的前提下为古城做一些改造工作，家家户户基本上都通了电，也有不少人家安装了自来水。但依然有不少人家没有水源，因此每过几段街道，就会有一个贴着漂亮马赛克瓷砖的水池出现，居民可以拧开水龙头取水，不用交费。据说这种供水系统自古就有，只不过过去是引山上的泉水，现在变成了自来水龙头。走在任何一个古城的小街窄巷中，都会有一种时空的穿越感，有时感到自己行走在中古时期的阿拉伯市场，有时感到自己回到了儿童时期的家乡小镇。在古城独步，远离现代社会的喧嚣和匆忙，多一份清净，多一份悠闲，真是难得的生命享受。

保护好历史，民族才会有根基，有厚重感，有继承，有继承之上的创新。人类的历史，就是这样一点点叠加而成的。扫荡过去并不能使我们变得更加伟大，反而使我们失去了依靠和凭借的根基。我不反对建设现代化的大楼，但如果与此同时，我们能够真心实意保护一下祖宗留下来的东西，就会得到世界人民更多的尊敬。在这方面，万里之外的摩洛哥，是中国学习的榜样。

欧洲小镇遐思

最近走了一些欧洲的小村镇，整体感觉是干净、整洁、静谧、漂亮。在中国除了一些著名古镇比如乌镇、丽江、周庄等（旅游区收门票，有人专门打理）还比较干净整洁外，普通村镇一般都是一片乱糟糟的景象，垃圾到处飞，污水遍地流。

都是村庄和小镇，为什么会有这么大区别？有人会说人家已经是发达国家了，我们还是发展中国家，但这就纯属借口了。我记得小时候家乡小镇就很干净，河水是清的，街道的青石板是亮的，没有乱扔的垃圾，也没有太多污水。西方和中国的不同，可能主要体现在如下不同。

西方人讲究公德，中国人关注私密。西方人认为外部环境的整洁对于自身的生活质量有很大影响，所以大家会把街道、广场、公园等维护得很干净，这样才是真正的体面。中国人更关心自己家的天地，常常把家里收拾得干干净净，但是可能一出门就随手扔垃圾，在门外街道上乱倒脏水等。有些中国人不认为街道是自己环境的一部分，乱扔东西没有任何心理障碍。

西方人的村镇有聚会中心，通常是村镇中心的广场和教堂，每周大家都要到教堂听道学习，逐渐养成了交流和守秩序的习惯；中国人的镇村中心是镇政府和村委会，这些机构和老百姓的生活没有那么密切的关系，居民可能像一盘散沙似的住在村镇里，各人自扫门前雪，而且现在流动人口多了，更加少有人关心整体环境。

最后是社区的成熟度，西方成熟社区已经有上百年的历史，现在西方的小镇和村庄，很少会有外来人口大批涌入，大家互相很熟悉，不会做太出格的事情，比如在街道上直接倒脏水、扔垃圾等；但中国的社区建设才刚刚开始，流动人口多，很多大城市边上原来的村庄，都变成了出租屋，村民和外地人口杂居，社区管理不成熟或者没有人管，所以就淡化了行为准则。

中国要真正走向有秩序的现代社会，光靠北京、上海这样的大城市核心区的几栋漂亮大楼和几条漂亮马路，是远远不够的。如果到有一天，中国的每一个小镇、每一个村庄，都整洁、漂亮、干净、秩序井然，那才是中国真正值得骄傲的时候。这一天既需要国民素质的整体提高，也需要政府改变管理思路和提高政府职能。今天，距离北京核心城区10千米不到的小镇，也会有污水横流、臭气冲天的世界，在这种情况下，我们也很难为中国的GDP成为世界第二而骄傲。

新《病梅馆记》

树，本来就应该在天地之间自由自在成长，长成自己的形状，长成自己的个性。对于树来说，无所谓有用或没用，吸纳天地精华，生长在天地间，体现自己的精气神，就是它们的唯一目的。

在欧洲和日本的园林里，常常能够看到被修剪得奇形怪状的树，人们一路走过都啧啧称奇，觉得修剪的功夫十分了得，觉得树的形状优美高雅。但那只是扭曲了树的个性来满足人类的怪癖而已，对于树来说就是一种纯粹的残害。人们对于树的过分修剪，在我看来就像中国古代的男人要女人缠金莲小脚一样，是十足的病态。

在中国，为了城市绿化和形象工程，常常把已经长得很成熟的树移来移去。由于长大的树移植不容易，所以通常就把大部分树枝砍掉，或者干脆把树干的上半部也给截掉。每次看到这样的树，我的心就一阵阵发紧，就像看到了被砍掉四肢和脑袋的人，鲜血淋漓的感觉。树一定也会很痛吧？树枝就像树的手，是为了伸向天空迎接太阳的，被砍了就成了残疾。树干是树长成参天大树的唯一期待，被截了就一辈子没有了希望，活着的精气神就再也没有了。就算活着，也是一棵没有灵魂的树，苟且偷生而已。树一定也知道这样活着是一种屈辱，所以被这样移植的树大部分都死了，它们一定死得很委屈。

现在中国的教育，在孩子成长方面，很像移植树木。树木从小适当地被扶持和修剪，是为了让它们长得更加挺拔一点，这无可厚非。但我们教育孩子的做法，就像把孩子们的“树枝”给全部砍掉，甚至把孩子们的“树干”也给截掉一半，然后再按照我们所谓的教育标准来培养他们。这样做，即使孩子看起来是在慢慢成长，却没有了可以自由伸展到天空和大地的“树枝”，也没有了长成参天大树的精神。

就像人们用病态的眼光欣赏被修剪得奇形怪状、身残体歪的树一样，我们也用病态的眼光欣赏着被我们修剪得已经“变态”的孩子们，他们一个个奥数做得飞快，高考分数绝顶，但他们的人生实实在在被我们整成了没有野蛮生长能力、没有在天地之间枝繁叶茂地自由伸展能力的残缺人生。

附：（清）龚自珍《病梅馆记》

江宁之龙蟠，苏州之邓尉，杭州之西溪，皆产梅。或曰："梅以曲为美，直则无姿；以欹为美，正则无景；以疏为美，密则无态。"固也。此文人画士心知其意，未可明诏大号以绳天下之梅也；又不可以使天下之民斫直，删密，锄正，以夭梅病梅为业以求钱也。梅之欹之疏之曲，又非蠢蠢求钱之民能以其智力为也。有以文人画士孤癖之隐明告鬻梅者，斫其正，养其旁条，删其密，夭其稚枝，锄其直，遏其生气，以求重价，而江浙之梅皆病。文人画士之祸之烈至此哉！

予购三百盆，皆病者，无一完者。既泣之三日，乃誓疗之：纵之顺之，毁其盆，悉埋于地，解其棕缚；以五年为期，必复之全之。予本非文人画士，甘受诟厉，辟病梅之馆以贮之。

呜呼！安得使予多暇日，又多闲田，以广贮江宁、杭州、苏州之病梅，穷予生之光阴以疗梅也哉！

闲话中西度假方式

我认为，西方人的生活态度有两方面值得中国人学习，一是度假方式，二是工作和休息的方式。

度假，顾名思义，就是到一个喜欢的地方放松自己，比如在海边游游泳、看看书，比如带全家到一个风景优美之地吃喝玩乐。度假的主要目的是为了放松心情，消除工作积累的疲劳，以更好的精力回归奋斗。但很多中国人度假的方式，往往比工作还要累，每天从一个景点到另一个景点，在导游的带领下，奔波在不同的目的地之间，每个景点都看得匆匆忙忙，既不了解其文化历史，也不关心当地的风俗民情，只是照几张相，然后匆忙离开。加上各种情愿或不情愿的购物，敷衍的饭菜，一场旅行回来，所有的感受都只剩筋疲力尽。

西方人的度假，是以放松为核心，到一个自己喜欢的地方，彻底放下工作和琐事。这次我去意大利旅行，一路走过很多海边小镇，这些小镇面向蔚蓝色的地中海，海水清澈明亮。海边凡有沙滩的地方，都坐或躺着各种身材和肤色的人群。这些西方人在海边，绝不像一些中国人那样，到了海边，游个20分钟泳，算是旅游中的一个体验。西方人是实实在在度假，或个人或全家，在海边一待至少一个星期，早上9点到海边，租一张沙滩椅，游泳、晒太阳、看书、聊天、喝啤酒，就这样一天天待着，直到身心彻底放松。我随便问了两个游客，他们从德国或者北欧国家来，都在当地租了老百姓的民居，一住就是半个月。

不过说回来，中国人现在满世界跑的方式，也没有什么可指责的。中国闭关自守太久了，原来是出国很难，后来容易一些了，人们手里又没有钱，现在有点钱了，自然要满世界跑。中国人其实很愿意了解世界，所以一旦有度假机会，第一个想法一定是到没有去过的地方旅行，而不是躺在家里休息。我相信，等很多中国人跑遍世界后，可能就会像西方人一样享受轻松度假的乐趣了。

西方人的另外一个习惯，是中国人一定要学习的。中国人一星期7天几乎全部都是工作日，这一点尤其体现在各种商店和商场的开放时间上，几乎都是7天24小时开门营业。只要有钱挣，绝不关门休息。但西方人一星期内至少有一天（一般都是星期日）所有商店一律关门，所有人都休息或度假去了。有一次，我在法国的香榭丽舍大街散步，正好赶上星期天，发现所有商店都关着门。这次在意大利一个小镇，到了星期天，我想买个牙膏都找不到开门的商店。他们这样做不仅是老百姓自愿，而且还有国家法律的保障。比如在法国，如果有商店星期天营业，是要被劳工部处罚的。但有意思的是，这几年巴黎星期天开张的商店越来越多（还和劳工部打官司），据说其中的一个主要原因是为了迎合中国人的购物潮流。可见金钱的力量确实能够扭转人的价值观和行为体系。但总体来说，西方人把工作和休息更合理地结合起来，可能要比中国人做得好。

中国改革开放后，我们发现机会终于来了。部分人挣钱的积极性，几乎可以用“抢”和“贪”两个字来形容。一是确实过去几十年挣钱的机会很多，所以不这样做机会就失去了。二是中国人原来穷怕了，所以有钱一定赶快挣，不惜一切代价。很多人做过了头，部分商人不法，官员贪腐，结果把自己给陷进去了；还有很多人为了挣钱，把自己的良心也出卖了，毒货、假货横行，坑蒙拐骗嚣张。第三，由于中国社会保障机制尚不完备（在改进中），很多人没有安全感，所以抓紧时间挣钱存钱，是怕万一哪天挣不到钱了，起码还能够活下去。和活命相比，周末不休息算什么？很多人到最后彻底忘了挣钱是为了生活、为了幸福，钱本身变成了唯一目的。

随着中国社会制度的健全，希望未来中国人民能够真正把事业和生活结合起来，把挣钱和幸福结合起来。说到底，光有钱是没用的，只有用钱换来真正的幸福，那才是有意义的钱。会用钱的人，一定不是不断给自己提出更多的物质需求，而是不断提升自己的幸福指数。住在普通公寓里幸福生活，和住在豪宅里担惊受怕，我们都知道应该选择哪一个。想起一个朋友的话：钱，能够让深刻的人更深刻，浅薄的人更浅薄。我换一个说法：钱，能够让懂得幸福的人更幸福，让不懂幸福的人更不幸。

拜访伊顿公学

说起伊顿公学（Eton College），很多中国人都知道。中国也有不少“伊顿”，什么“伊顿幼儿园”“伊顿学校”“伊顿培训”比比皆是，当然基本和伊顿公学没有任何关系。

公学，很多人以为就是公立学校的意思，其实公学并不是公立学校，而是当初由国王或者贵族捐助建立，帮助圈内的孩子提供教育机会的学校，现在在英国大概有十几所。这样的学校和普通老百姓几乎无缘，都是学费十分昂贵的贵族学校。

伊顿公学成立于1440年，是由当时的国王亨利六世（Henry Ⅵ）捐建的学校，学校位于伦敦西部，离伦敦市中心40千米左右，和温莎城堡隔泰晤士河相望。温莎城堡自古就是国王的度假城堡，所以伊顿造在城堡边上就理所当然。建校的原因是当时有些贵族家道中落，没有钱让孩子接受教育，亨利六世起了恻隐之心，建了伊顿公学。第一届学生只有17人，都是落魄贵族的子弟。从这17人开始，伊顿公学在岁月中不断沉淀和发展，成了英国贵族孩子们接受教育的首选学校。这里的学生毕业后，有1/3进入牛津和剑桥继续学习，还有大量的学生进入其他世界名校。伊顿公学出过接近20位首相，雪莱和凯恩斯（Keynes）等都是该校著名的毕业生。

我和团队带着某种探究和朝拜的心态来到伊顿，探究伊顿现在的办学理念，朝拜它几百年不间断的教育传承和传统。伊顿高度重视我们这次拜访，教务长兼“伊顿在线”的CEO（首席执行官）珀西·哈里森（Percy Harrison）全程陪同，同行的还有伊顿“现代领导力”项目的凯瑟琳·惠特克（Catherine Whitaker）、伊顿中国代表处主任高波等其他成员。

我们的拜访从参观校园开始。古老的伊顿小镇上分布着不同时期的建筑，风格迥异，大部分建筑表面看来已经十分古老。我们走进伊顿初建时的第一栋建筑，下面是一个小礼堂一样的教室，上面是学生宿舍，自从1440年开始就伫立在这里。教室里厚重的木板桌椅上，还有方木柱子上，都刻满了各个时期学生的姓名，这些已经演变成最珍贵的历史记忆和文化遗迹。在楼房一头当时的校长办公室里，墙上有一幅已经十分斑驳的壁画，画的就是当初17个学生和老师一起上课的情景。伊顿公学由于国王更替，也几经生死，坚持了几百年，终成气候。我想想“新东方”最初的班上只有学生13人，现在也有了点气象，可惜功底不深，学识肤浅，不知道几百年后是否也会成为中国教育的一面旗帜。

最让我震撼的还是在连接老教学楼和学校教堂的连廊上镶嵌的几百个在二战前线英勇牺牲的伊顿校友。我充满敬意地用手去触摸铜牌上的一个个名字，知道每一个名字的背后都曾经是一个鲜活的生命，为了保家卫国义无反顾走上前线。这些牺牲的学生，大部分都是贵族家庭出身，这也让我深刻理解了什么是真正的贵族精神。很多中国人所谓的贵族，就是有钱、豪车大房、出入五星宾馆等，从来没有把对民族和国家的担当当作自己的使命。所以这种所谓的贵族概念，我们只能用“土豪”二字来形容。真正的贵族精神或者贵族气质，可能最重要的不是有钱和有社会地位，而是深明大义，道德高尚，为国为民，义无反顾。在二战期间，英国的贵族基本都把自己的子弟送到最前线，很多人战死疆场，为家族的高贵增光添彩。有了这样的贵族，这样的气质，我们不难看出为什么直到今天，英国依然在世界上占有如此重要的一席之地（当然，英国做事情并不总是高贵的，鸦片战争中，英国就无耻地掠夺了中国的很多财富。今天的大英博物馆，里面还存放着从中国抢回来的各种珍贵文物）。

参观校园结束，我们和伊顿的团队一起坐下来谈合作的可能性。经过热烈讨论，最后大概确定伊顿的中学生现代领导力课程、伊顿中国学生游学营、伊顿在线教育、伊顿老师培训等方面，可以和新东方持续合作，这既可以让伊顿的教育资源输出到中国，也可以让中国的学生能够更大范围接触到伊顿的教育内涵，提升中国学生的国际化水平。

座谈结束后，我们在校园的内部餐厅吃了一顿非常周到可口的午餐，餐厅环境古老优美，建筑已经有几百年历史，窗户外面就是十分宽敞的大草坪和秋天的一树树斑斓。饭后，我们整理衣装，由珀西带着去见伊顿的Provost（相当于学校理事长，是比校长还要重要的职位，校长由他任命）瓦尔德格雷夫勋爵（The Lord Waldegrave）。他是一位已经70岁的老人，但看上去也就50多岁的样子，充满活力，也很健谈。我们一起聊了伊顿的教育理念。由于我事先看过他的采访视频，也读过他的介绍，所以和他对话相对轻松。他说伊顿就像是蛇的反面，蛇要不时换上新皮，但伊顿表面都是古老的东西，一成不变，内部却要不断创新，和现代世界融合。今天的伊顿，已经开始接纳大概25%左右的穷人孩子来上学，伊顿负责资助，也接纳不同文化和国家的人，有亚洲、非洲来的学生。伊顿现在居然有了历史上第一位阿訇，来帮助伊斯兰教的学生完成他们的宗教仪式。我也向勋爵简单介绍了新东方的发展和现状，提出了可以和伊顿合作的一些方向，他表示认可和支持。勋爵提到的最有意思的事情之一，是在1975年，他28岁的时候，曾经随团访问中国，受到了毛泽东的亲自接见。他把毛泽东和他握手的照片一直放在办公室，照片上的他有一个巨大的蘑菇形状的发型，毛泽东的眼神盯着他的头发，很好奇的感觉。他兴致勃勃地把照片拿给我们看，看得出来，这成了他最值得骄傲的一件事情。

见面结束已经快下午3点，我们离开伊顿，因为温莎城堡就在边上，就又去了温莎城堡。可惜城堡已经关门，没能进去，就在城堡外面的小镇上悠闲散步了半个多小时。温莎小镇干净、温馨、友好，徜徉其间，能够感受到浓浓的英格兰文化氛围，各种商店也已经开始销售圣诞节礼物和用品。黄昏来临，柔和的街灯亮起，照出一片安宁。

孟买贫民窟，地狱和天堂的交汇处

印度孟买，号称印度的上海，是印度南部最大的城市。这里最有名的地方不是印度门，也不是被恐怖分子袭击过的泰姬陵酒店，而是贫民窟——达拉维贫民窟。

达拉维贫民窟位于孟买市中心地带，总面积约2平方千米，生活着100万左右的人。2008年轰动一时的电影《贫民窟的百万富翁》（*Slumdog Millionaire*），让这个地方一举成为全世界关注的焦点。电影讲述了来自贫民窟的街头少年贾马勒参加了电视节目《谁想成为百万富翁》，并答对了所有问题。但当他即将获取高额奖金时，却被人揭发有作弊嫌疑，被警方逮捕。通过追踪他回答的每个问题，电影娓娓道出他不可思议的遭遇及这些经历如何帮他成功闯关。电影中对于贫民窟犯罪、械斗、黑帮等可怕的一面，有着浓墨重彩的展示。

因为这部电影，后来很多人去这个贫民窟进行探访，写的游记或新闻稿都用了“冒死探访”之类的标题，让人一看就有不寒而栗的感觉。但这些描述反而引发了我的好奇心：既然到了孟买，就特别想去看看这个著名的地方，而且女儿也对这个地方非常感兴趣。和导游商量时，导游为难半天，怕万一整出什么麻烦来。这个导游自己都从来没有去过达拉维，但在我的一再恳求下，最后他要求我们责任自负，才让汽车带我们进入了达拉维贫民窟。我们把钱包、相机都留在车上，换上最不起眼的衣服，手机放在裤子口袋里紧紧攥着，一副视死如归的神情，进入了贫民窟。那天阳光很好，混乱的小街上行人摩肩接踵，都是当地人在各种商店买卖东西，或者在路上闲逛。我们走过时有人投来好奇的目光，但大部分人都并没有注意到我们。我们穿街走巷走了半小时，结果电影和文字中描绘的犯罪场景一件也没有发生（电影和小说将这里描述为充斥着帮派厮杀、性交易和无休止绝望感的人间地狱）。我们带着恐惧心理进入，3分钟后就完全放松心情了。尽管街道巷子很窄，有的仅能容一人过去，而且曲里拐弯，一不小心就会迷路，街巷中也有不少垃圾，但老百姓的脸色都很明快轻松。家庭主妇在门口择菜洗衣，面容安详；学生穿着校服刚好下课，一群群孩子背着书包走着，看到我们，惊奇而友好地指指点点。我们想象的污水横流的场景没有出现，因为街巷下面已经铺设了下水道。上面挂着的蜘蛛网般的电线我们也不陌生，中国的很多小镇也是同样的景象。

进入贫民窟，让我感到好像进入了中国的某个小镇，表面的混乱下，熙熙攘攘的拥挤中，是充满活力、拥有自己秩序的生活和自成一体的社区（这里的房子都是违章建筑，没有房产证，依然可以互相交易。同时因为达拉维太大，政府也没法清理，所以就默认其存在，并参与管理）。当然我们没有深入到最恶劣的地方，但据说在贫民窟，实际上犯罪率并不高，这一说法也算是对我观察到的现象的一个佐证。2003年，英国的查尔斯王子访问过达拉维后表示：“这种居住方式是自然环境和社会环境的平衡，聚居地的建筑使用当地原料（铁皮、旧箱子、土坯等），公共空间布局便于行走，区内劳动力雇佣方式很灵活。尽管他们在物质方面十分贫穷，但他们在生活和构建社区方面却遥遥领先，西方国家有许多方面需要向他们学习。”他的这种八卦言论一出，一时舆论大哗，谩骂抗议者波涛汹涌，但实际上有一点他说对了，就是这里的社区构建确实很有自己的特色，而且自成体系。在这里，习惯了贫民窟生活的人们勤奋工作，自力更生，虽然环境破败，却成了他们生活多年并充满感情的家，很多人从这里起步开始自己的事业，据说变成百万富翁的不止一个。这里的人们互助互爱，互帮互学，小孩子受到很好的呵护。因为邻居关系很好，很少有人孤单寂寞，很多人显得无忧无虑，生活压力好像也不是特别大。政府对贫民窟的孩子也推进免费义务教育，为孩子的未来打开了一片天空。

一方面，达拉维脏乱差挤，像地狱一样；另一方面，这里的人们又拥有着一些大城市号称体面的人们所不拥有的美好情感和关系，像天堂一样。这里是地狱和天堂的交汇处，是人类堕落和奋发的角斗场。达拉维贫民窟把我拉回了中国的现实，在中国很多大城市表面的繁荣下，不少城市的角落或多或少都有像贫民窟一样的区域存在，我们叫作“城中村”，或者农民工居住区，或者“临建区”，一样的脏乱差挤，一样的没有合法地位，里面的人们一样相依为命，互相照应，背后也一样有犯罪、混乱和黑暗。在中国的高速发展中，如果我们真把这些底层的人们遗忘了，我们就忘记了我们是从哪里走来的，我们也将难以走到很远的未来。

在巴西坐飞机

来巴西之前安排行程，旅行社告诉我，巴西国内的航班只有经济舱，我以为是商务舱被人订满了。

到了巴西，在巴西国内坐了4趟航班，从圣保罗（São Paulo）到亚马孙州的马瑙斯（Manaus），航程4个小时；从马瑙斯到里约，航程4个小时；从里约到伊瓜苏，航程2个小时；从伊瓜苏到圣保罗，航程2个小时。4趟航班无一例外，上了飞机发现根本没有商务舱，从第一排到最后一排都是经济舱。

不光没有商务舱，而且巴西国内的航班没有大飞机，最大的就是波音737或者空客A320。主要原因可能是因为巴西除了圣保罗和里约两个大城市之外，其他城市都是小型城市，大飞机客人坐不满。而里约和圣保罗两个城市之间才300千米，大飞机才起飞不久就得降落了，还不如小飞机多几个航班，对于乘客更加方便。这两个大城市之间通航，都用市内小机场，方便乘客，更节约时间。

究其国内航班没有商务舱的原因，我问了一个空乘人员，说是巴西讲究平等，对旅客一视同仁，所以只有经济舱。但我后来发现这个理由不靠谱，因为巴西的国际航班，尤其是飞到拉丁美洲之外的航班，都有商务舱，而且商务舱的座位还很多。所以，唯一能够解释的就是经济原因。巴西整体上经济还不是很景气，需要来回奔忙出差的商务人员不多，大多在里约和圣保罗这两个城市之间，真正的有钱人可以坐直升机或者私人飞机来往。巴西空域开放，直升机是有钱人常用的交通工具。巴西人民尽管收入不多，但喜欢度假，坐飞机去其他地方度假的人，很多是普通老百姓，相信他们宁可把钱花在酒吧喝啤酒上或者寻找艳遇上，也不花冤枉钱去坐商务舱。所以在飞机上安装商务舱，空着不合算，最后航空公司干脆把商务舱撤了，这样机舱内就都是经济舱了，简单，热闹，平等。我相信任何事情的发生都有经济上的原因，巴西国内的航班都是经济舱，对于航空公司和乘客都是有利的事情，是两方选择的结果。

听说巴西人做事情都是慢节奏，各种不守时、拖延和迟到，所以我特别担心巴西的航班会延误。结果坐了4趟巴西的国内航班，两个不同的航空公司，没有一次延误，甚至一分钟都没有。4趟航班都是到点就飞，准点到达。这和中国各航空公司把延误当作家常便饭，形成了鲜明对照。胡续东在《去他的巴西》里，提到巴西有一家他最喜欢坐的航空公司“Bra”，他翻译成“胸罩”航空，以机票便宜但是总是延误著称。我到了巴西在机场反复寻找，都没有找到“Bra”航班。问了一下当地人，说“胸罩”航空已经倒闭了，主要原因就是常常延误，巴西经济衰退后坐飞机的人又少，所以经营不下去了。看来即使是没有时间概念的巴西人，也忍受不了飞机总是延误啊。“胸罩”航空的问题是，以为戴上胸罩就好，却疏忽了人们更加需要“穿裤衩”（人们追求的是既要价格便宜，又要准点的航班）。

在巴西的国内航班上，不管是中午起飞还是晚上起飞，都不提供餐食，但会提供一杯饮料和一小袋饼干类的小吃。空乘人员也不像中国那样都是清一色挑出来的美女，巴西的空乘人员有漂亮女孩，也有中年女性，还有很多是男性。从伊瓜苏飞回圣保罗的飞机上，空乘人员居然清一色是男性，我坐了二十年飞机，还是第一次碰到空乘都是男性的，不过总比美国和加拿大的航空公司要好。在美、加的航班上，空乘人员基本上清一色都是老太太或者老头子，在他们为你服务的同时，你总担心他们会摔倒，很想去扶他们一把。

瀑布里的孩子

在伊瓜苏的第二天，我们决定坐船到河上去看瀑布。有两种观赏选择，一是坐船离开瀑布远一点观看，一是直接把船开到瀑布下面，让瀑布的水帘兜头盖脸浇下来，把人淋个透湿。船当然不是普通的船，而是结实异常的大型橡皮艇。

我们选择的自然是更加刺激的，进入瀑布的那种。我想，不管水有多大，我只要穿了雨衣上船，就可以确保里面的衣服不湿了。上船后，发现一船外国人没有一个穿雨衣的，我坐在他们中间，就像一只猴子贸然走进了一群人中。

一对外国夫妻带着两个小孩，小女孩看上去三岁左右，小男孩抱在手里，也就是一岁多的样子，也一起上船。我想老外怎么这样

“奇葩”，不顾风险把这么小的孩子带到瀑布底下去浇大水？在中国，这么小的孩子有点风就不让出门了。

强动力的橡皮艇，两台大马力发动机，轰鸣着从河的下游逆流而上，在汹涌的浪涛中前行。水流在河谷中打着巨大的漩涡，水浪不停溅上船来，船在浪上大幅度颠簸。要是在这样的河里翻船，估计穿再多的救生衣也很难活着被捞出水面。

伊瓜苏瀑布很长很大，有270多个瀑布点。最大的瀑布“魔鬼喉”，船自然去不了，那里的水流和大浪，再厉害的船也瞬间翻了。船员选了相对平稳的河面，先让大家心绪稳定一下，做好准备。我回头看了一下那两个小孩，一路过来那么颠簸，也没有哭闹，父母一人手里抱着一个，浑身几乎脱得精光。

船轰鸣着冲向了瀑布，巨大的水流雷鸣般轰响着从四五十米的高空直泻而下，人在水幕中被打得根本就睁不开眼。我这时候才发现穿雨衣根本没用，水从雨衣的每一个缝隙劈头盖脸浇进衣服里面，几分钟内就连内衣都湿透了。船员驾驶着橡皮艇，反复冲击瀑布，人们在大水的冲击下和船的大幅度回旋中，惊声尖叫着。几分钟后，当船驶离瀑布时，我已经被水冲击得晕头转向，生不如死了。回头看两个小孩，被父母紧紧抱着，也是目瞪口呆，一动不动。但两个孩子一点没哭，不知道是吓坏了，还是已经被水击昏了。

回程的时候，遇到几个回旋的大浪，泼起的水把整个船都淹没了。一瞬间，所有的人都被浪盖在了下面。我猝不及防，呛了一口水，觉得这一下可能完了。等到船从水里钻出来，我惊魂未定，再看那两个小孩，趴在父母身上，依然一声不吭的样子。

上岸后，父母把两个孩子放下，帮助他们脱下了捆在身上的救生衣，孩子好像回过神来了，在父母身边露出了笑容。我瞬间感到，这样的孩子成长起来，抗打击能力和冒险能力也会水到渠成。老外这样培养训练孩子的背后，其实是让孩子养成独立、自由、勇敢的性格，这不仅意味着身体的健康，更是精神的强大。反观一些中国人带孩子，完全是温室模式，有各种宠爱和对危险的屏蔽，到最后，孩子只要吹个风就感冒，沾点水就发烧，风吹草动就进医院，长大后个个弱不禁风的样子。这些人带孩子，表面上爱护了孩子，实际上伤害了孩子，我们用爱的名义，把孩子们本来面对世界应该拥有的强大和独立剥夺了。

有些中国人教育孩子，从来不重视身体和精神的教育，只强调知识教育。孩子们天天为考试奋斗，身体劳累，精神疲倦，体育锻炼和户外活动越来越少。这样长大的孩子脑袋似乎很聪明，却用文弱的身体和残缺的精神做支撑，他们就像长在沙地上的树，只要劲风一吹，就轰然倒地。

中国未来的强大，绝对不是每个人都考上名牌大学的强大，而是身体和精神的双重强大。如果持续今天的一些教育现状，不注重孩子身体素质和精神独立的培养，我们的孩子再聪明，也不是真正的强大，我们的民族再有钱，也是精神上的穷人。

悉尼港湾大桥的创业故事

在悉尼有两个地标式建筑，一是悉尼歌剧院，二是悉尼港湾大桥。这两个地标建筑几乎尽人皆知。凡是去悉尼者，都会以这两个建筑为背景留影纪念。

悉尼港湾大桥开始建设于1923年，完工于1932年。这座完美的钢架结构大桥，除了结实和美观，更加重要的是它卓越的前瞻性，在1923年开始建设这座大桥的时候，据说整个悉尼只有5辆汽车，但大桥居然建成了双向八车道，外加两条铁路线和两条人行道的宽体大桥。在大桥1932年通车后，有好长一段时间还有人说桥造得太宽了。今天回头看，我们才发现大桥建设者们远大的眼光。

关于这座大桥，有一个旅游项目可能是很多去悉尼的人不知道的，叫作“悉尼大桥攀登”（Bridge Climb Sydney）。旅游者可以从大桥底部沿着钢架结构蜿蜒而上，一直爬到大桥顶端，看整个悉尼港湾美丽的全貌。如果黄昏爬上去，还能够看到海湾壮丽的落日。这个项目听上去好像是一个特别高风险的项目，但实际体验后，你会发现其安全系数甚至超过了在平地上走路。该项目的爬行路线进行了精心设计，两边全部有栏杆扶手，并且从一开始就有安全带把人一直从头扣到尾，从第一步安全扣滑入安全钢索，只有在转一圈回到出发点后，才能解除安全扣。一路爬上去的路程其实并不险峻，如果按照中国人的安全标准，甚至根本就不用安全带。我私下想，这样一路紧扣安全带不允许爬行者脱离，一是为了安全，第二可能还防范了另外一个问题：任何人都不可能从大桥顶上跳下去出事故了（旧金山的金门大桥，每年都有人跳桥自杀）。自从这个项目1998年开始之后，有不少名人都爬到顶上去照相体验，结果又带动了普通老百姓攀爬。迄今为止，已经有接近400万人参加了BridgeClimb Sydney的活动。

这个攀爬项目的成立，是一个特别典型的创业故事。最初的灵感诞生于1989年，创始人叫保罗·凯夫（Paul Cave）。那一年，他在悉尼主导了世界青年领袖大会，安排的一个项目就是攀爬悉尼大桥。在当时，这个项目需要种种特批，被认为是一个危险的项目。但凯夫从大家攀爬的兴奋劲儿上看出来，这是一个有吸引力的项目，决心要把它变成一个常规项目。但他从一入手就遇到了太多的障碍，和各级政府及民间团队协商谈判，关于攀爬大桥的人的安全问题，攀爬大桥可能对大桥带来的影响，还有对作为文化遗产的大桥的保护等。这些问题用了凯夫10年的时间才得以解决，但他一直坚持着，终于在1998年10月1日的时候开张了这个项目。到这个时候，他已经为项目花费无数。很多人认为这是一个不靠谱的项目，不可能把钱挣回来。但事实证明，这个项目实实在在抓住了游客的痛点。到悉尼的人，谁不想爬到桥顶看一看悉尼的全貌呢？所以，尽管收费高达每人300澳元（1800元人民币左右），但参与者还是络绎不绝。

为了吸引更多的游客，项目又进行了客户细分，分成了全程攀爬、体验式攀爬、捷速攀爬等。2012年有了专门的中文导游，可见去攀爬大桥的中国人一定很多。所有的攀爬都有导游和教练全程跟踪讲解，并且监督你的行为，免得带来安全隐患。全程攀爬需要3小时左右。其实整个行程按照正常爬行速度，1个小时也就够了，但通常前面的人走走停停，没有任何人允许超越，这样全程就变成了慢悠悠的3个小时。我们爬到顶上后，觉得一路也没有经过什么惊险刺激，挺平淡的一个活动，不能叫作冒险。但你不爬，总觉得是一种失落。到了悉尼，怎么能不爬到桥顶上去看看呢？就像到了巴黎不爬埃菲尔铁塔一样，会留下很多遗憾。这个项目，正是利用了游客的这种心理。

刚开始的时候，悉尼政府一直反对这个项目。当这个项目火了之后，政府突然发现这成了悉尼的一张名牌，就开始对它各种支持，每年主动花大量的钱帮这个项目做广告。而项目本身实际上是私营的，凯夫在坚持了10年创业之后，后面这十几年真是赚得盆满钵满了。

如果把这个项目当作一个创业项目看，我们可以看到它具备创业成功的几大要素：第一，一个好的创业点子；第二，一个对这个点子极其热爱的人；第三，这个点子直接击中了客户痛点；第四，着力解决这个点子可能带来的其他负面痛点和问题（安全问题、大桥保护问题等）；第五，用名人攀爬给项目带来爆款效应；第六，赢得政府的支持和鼓励；第七，创始人不管遇到什么困难都要坚持下去；第八，持续优化的运营和围绕项目核心的扩展。具备这些要素，创业就几乎不会不成功。这对中国当前大量心浮气躁的创业者来说，也可以借鉴。

我攀爬上大桥顶部的时候，刚好夕阳西下，金黄色的阳光洒在海湾对面的悉尼歌剧院上，歌剧院像五瓣莲花一样开放着，展示着迷人的姿态。这样美丽的景致，加上这样一个有意思的创业故事，让我觉得人生总会遇到令人意想不到的美好。

新的教育体系，是不丹的希望

我搞了几十年教育，搞出了职业病，到任何地方首先想到的，是了解当地的教育情况。到了不丹，我问导游的第一个问题是：不丹的教育是什么体系？学生上学要不要付费？用什么语言教学？国内有多少所大学？结果导游也被我问得晕头转向的，没有说出个所以然来。

住在普那卡（sPu-na-kha）那夜，我住的宾馆坐落在一个村庄的山坡上。早上6点多起来散步，走到下面的马路上，我发现一群穿着校服的学生在马路边的草地上坐着。我主动走上去和他们搭讪。不丹的孩子在陌生人面前一点都不扭捏，这可能和这十几年不丹不断对世界开放，并且世界各地的人来到不丹旅游有关。更加有意思的是，每个孩子都会讲英语，小孩子讲英语有点磕巴，但大孩子讲英语已经很流畅。孩子年龄从一年级到八年级不等，都在同一个学校上学。学校在几里地之外的旺度波德朗（Wangdue Phodrang Dzong）镇上。学生有校车接送，早上6点半坐校车走。如果赶不上校车，就得自己走到学校去，大概要走半个多小时。我碰上了一些去赶校车的学生，我问他们是否喜欢上学，他们齐声说喜欢；问他们上什么课，他们回答说有数学课、英语课、本地宗卡语课，六年级开始有科学课等；问他们知道不知道中国，他们都说知道。他们手里拿着的除了书包和带的饭菜，没有一个人拿着手机。孩子们七嘴八舌和我聊天，很活泼的感觉。我问能不能和他们照相时，他们就摆出照相的姿态来，齐齐笑对镜头，那种纯朴可爱的样子令人心醉。6点半到了，他们的校车还没有来，我就继续和他们聊天。为了讨好他们，我把BOSE（博士）消音耳机放上中国歌曲让他们轮流听，他们听到耳机里逼真的音响，高兴得手舞足蹈。高年级的孩子等校车的时候，就坐在马路边上拿出课本来读，我看了一下他们的练习册，发现字写得十分工整漂亮。孩子们身上有一种天然的开心和放松。在这个佛教精神已经渗透到日常生活方方面面的国度，人们心平气和地活着，好像已经成了一种习惯。我后来才明白，孩子们之所以英语说这么好，是因为所有的课程除了宗卡语之外，包括数学、科学课，都是用英语教的。

校车走了之后，我穿过村庄走上田埂。田埂两边是金黄色的水稻梯田，高低错落有致。远处的村落在清晨的阳光中炊烟袅袅，不远处有三三两两的学生从弯弯曲曲的田埂那一头走来，整个景色就像一幅明媚的水彩画。这些学生是另一个村庄的孩子，每天要从田埂上穿越稻田才能到学校去上学。这种情景立刻让我感动不已。因为我小时候，从小学到高中，一直都是背着书包，穿过农田，从田埂上走到学校去上学的。我的童年和少年，与一望无际的稻田和麦田交织在一起，成为彼此密不可分的生命诗篇。孩子们在田埂上走得不急不慢，我问他们，校车都开走了，你们不着急吗？他们说每天都是走着去上学的，学校9点上课，到学校的时间还绰绰有余。

让孩子们每天走这么远的路去上课，上坡下坡，路上还要横穿好几次马路，难道家长不担心孩子出事？不担心孩子被拐走？后来我发现，这种担心是多余的。马路上汽车开得速度并不快，因为司机也不着急，似乎整个国家都是慢性子。中国那种火急火燎的司机，在这里基本没有踪影。拐卖孩子好像更加不可能。不丹有生殖崇拜的传统，鼓励生育，家家都有孩子，而且佛陀教诲深入人心，绝大多数人人心向善，不会做这种“良心被狗吃”的事情（尽管不丹好像狗比人还多）。不丹整体治安也非常到位，我到任何一个地方，都可以半夜一个人出去散步，一点不用担心自己的安全问题。连路上走的那么多野狗仿佛都心情平和，懒得理你。

后来到了帕罗（Paro），我和导游提出，能否安排我到一个学校去看一看，不要看城里的好学校，要看农村地区一般的学校。导游很卖力，终于联系到了山边上的杜克耶堡初级中学（Drukgyel Lower Secondary School）。我们下午去了这所坐落在缓坡上的学校，校园里自上而下伫立着一排排藏式教学楼和平房教室。尽管叫初级中学，但这实际上是一所从小学到高中的学校。校长叫肯杜（Khandu），走出来接待我们。我说明了来意，告诉他我在中国也是搞教育的。他见我英文讲得不错，又是搞教育的，便热情起来，带着我们在校园里转，问我有什么需求。我提出能否进教室看一看，他说刚好学生快要放学了，趁着大家还在上课，可以进教室参观。我们走进了一个六年级的教室，孩子们正在上自习写作业，课桌椅摆成一组一组，很像中国MBA（工商管理硕士）班分组讨论的形式。我问校长是否一直是这样分组的，校长说一直是这样，因为孩子们之间互相学习，和向老师学习同样重要。我和学生进行了简单交流，问他们是否喜欢学习，学习的内容是什么，他们就把课本拿给我看，结果我看到了全英文版的数学、英语、科学教材。我问校长是不是所有老师都用英文上课，他说是；我又问，所有老师都是本国老师吗，他也说是。从这些方面我可以推断，表面上比中国贫困的不丹，老师的整体水平可能会高于中国的中小学校老师。后来我又到了一个二年级的班，教材也都是英文的，我问其中一个孩子懂不懂，她说懂的。我翻看了一下英文教材，发现相当于中国初二英文课本的难度了。

孩子们放学后，在校园里和操场上奔跑嬉戏，一点看不出有学习压力的样子。很多学生在学校里一直玩到傍晚，才成群结队地背着书包沿马路走回去。校长说这个学校没有校车，所有孩子都必须步行来上学，再步行回去，最远的学生家住5千米之外，需要走一个小时。但孩子们很习惯这样走来走去，风雨无阻。和中国一些城市娇生惯养、车接车送的孩子相比，这里的孩子尽管条件艰苦，但成长上更胜一筹。参观完学校后，我和校长告别，发现校长用的三星手机比较老旧，我答应给他寄一部华为手机，同时把口袋里的钱捐给了学校，让他帮我买点文具送给学生。

不丹人接受现代教育，也就是近几十年的事情（1961 年才建立了正规的现代教育制度）。几十年前的不丹，老百姓如果想要孩子们接受教育，只能把孩子送到庙里去做喇嘛。小喇嘛一边接受经书教育，一边才逐渐有了文化。今天你到庙里去，依然会看到不少小喇嘛在念经或者玩耍。但越来越多的老百姓选择把孩子送到正式学校去读书。不丹所有学校都是免费的（私立学校除外），包括到大学去读书都是免费的。不丹原来没有大学，学生要上大学就到印度或者其他国家去。现在不丹有了几所大学，但还是不够，很多学生高中毕业后依然到国外读书，国家会根据情况给予奖学金。现在政府和老百姓已经开始深信，有了文化知识才会有真正的好生活，在贫困中安于贫困并不是真正的幸福。

从学生们身上，我看到了不丹未来更加美好的希望。这些在佛教潜移默化的熏陶中成长起来的孩子，他们身上有一种平静和开朗。由于不是为了功利性竞争而读书，他们在读书中体现出一种主动的吸纳和从容。由于不丹对于教育的鼓励、支持和投入，这个国家未来高水平的人才将会越来越多。如果说过去的不丹成为世界上幸福指数最高的国家，靠的是老百姓面对贫困的认命，那么未来的不丹在新的教育体系引导下，会变成一个更加开明、先进、现代但依然祥和宁静的国家，国民的幸福指数也一定会很高。

不丹人为什么最幸福

不丹是个佛教国家，老百姓从出生那一天起，接受的就是佛教的教育和熏陶。长大后，每个人的思想和行为，都或多或少带有佛教思想的印痕。我在不丹的导游索纳姆·拉布吉（Sonam Rabgay）上过大学，在中国学习汉语一年多，他的一举一动之间都充满了对佛教的敬意，讲起佛陀、莲花生的故事来，头头是道。进入任何一个宗堡和拉康（宗堡是大庙兼行政办公地，拉康是纯粹的庙），都要在佛像前三磕三拜，不时捐献香火钱。在爬千米高的虎穴寺时，我们的司机居然也和我们一起爬，而且还带了酥油去上供。我问他为什么要这么累地爬上去，他笑笑说，为了心中的敬意。

佛教的主旨是要让大家不纠结于现世生活的是是非非，尽量平和、宽容、睿智地度过一生。因此在佛教世界里，对于精神充实和解脱的追求，远大于对于物质利益的追求。所以，你到了不丹，会感觉到老百姓有一种心闲气定的气质，开车猛冲猛抢、行路匆匆忙忙的情况几乎没有。整个首都廷布没有一个红绿灯，汽车也不少，但很少出现互相顶着不让的情况。城市一到晚上，基本上没有几个人在街上走动，走在路上甚至能够听到蛙鸣声。对于那些想要寻欢作乐的游客，不丹并不是一个适合来的地方。

不丹被认为是世界上最幸福的国家之一。其实到了不丹，你表面上看不出人民有多幸福。农村人的生活依然清贫，城市人的生活也不富有，尽管旅游业现在很兴旺，但全国人均收入很低，大概每年只有800美金左右。所以，这里的幸福，一定不是指人民有了富有的生活，而是指人民能够安心生活在不算富有但身心安定的状态中。他们的精神生活和信仰是确定的，财产是被法律严格保护的，子女上学是不需要交钱的，生病了上医院也是免费的，所处的自然环境是清爽干净的，人与人之间的关系是简单美好的，整个国家的安全状态是很好的，打砸抢的情况是几乎没有的，孩子们走在路上不管多远，是不会被人拐走的。有了这样的大环境，再加上青山绿水，蓝天白云，阳光充足的气候条件，即使没有钱，也一定是相对幸福的。这不能不归功于佛教，当然也不能不归功于现代的国家管理理念和思想。不丹的第四代国王吉格梅·辛格·旺楚克把需要衡量的GDP指标改为GNH（General National Happiness，国民幸福指数），同时通过宪法限制君主权力，保护老百姓的利益，真是一个英明之举，从此这个国家在追求现代化的同时，也时时刻刻把老百姓的幸福放在了心里。

因此，你到不丹来旅行，不是来看自然风景的，尽管自然风景也美不胜收。你来不丹，更大的收获应该在于了解不丹文化，了解佛教文化和世俗政体是如何结合的，这一结合是如何摆脱宗教和政权有可能产生的对老百姓的欺凌，把老百姓的利益放在高处的，又是如何一起推动不丹幸福指数的提高，推动不丹的进步和发展的。

不丹的整个社会管理制度几乎是政教合一的，是互相紧密配合的。政府行政长官和大喇嘛（上师、法师、仁波切）常常在同一栋楼里工作，两边分工不同，一边管世俗秩序，一边管精神信仰。这种不同部门在一起工作的楼通常叫作“宗”（Dzong）。在每一个主要行政区和县里，都有一个宗。宗是当地最大的一座庙，是该区域的庙中之王。里面一般分成两部分，前半部分政府办公用，后半部分喇嘛活动和修行用。在首都廷布的扎什曲宗，国王就在里面办公，同时该宗又是不丹最大的宗教场所之一。国王有时间就会和上师一起，讨论国家大事和宗教事务等。不丹是个寺庙遍地的国家，如果没有行政功能，纯粹用来朝拜和祭祀佛教偶像如佛陀、莲花生等的庙，就叫作“拉康”（Lhakhang），如著名的虎穴寺，因为没有行政功能，就叫作虎穴拉康（Taktshang Lhakhang）。

庙看多了，感觉都一样。不丹的几个宗可以看一看，比如普那卡宗，坐落在普那卡两条美丽的河——父亲河和母亲河的交界处。这个宗很秀气也很宏伟，第五世国王（现在的年轻国王）的婚礼就是在这里举行的。廷布的扎什曲宗是国王工作的地方，如果感兴趣也可以去转一转，不过每天要到5点之后才能进去。帕罗的帕罗宗建在半山腰上，从下面的帕罗河谷向上看很雄伟壮观。这个宗对于中国人有特殊的吸引力，因为电影演员梁朝伟和刘嘉玲的世纪婚礼就是在这个宗里面举行的。中国人对于不丹的热情，也是从这场婚礼开始的，但大多数人对于这些宗，也就是进去走马观花一下就出来了。政府的办公场地是不允许进去的，喇嘛住的地方和修行的地方游客也看不到。如果你幸运的话，在大殿里面可以看到小喇嘛在上课念经。我们进入普那卡宗大殿的时候，刚好一大群大概8～15岁的小喇嘛在上课念经。大喇嘛老师不在，他们的念经声稀稀拉拉的，眼睛不断往游客身上瞟。如果有漂亮的女游客，他们的眼神就会随着转很长时间。看来佛教教义再清净，也抵挡不住青春的诱惑。一旦喇嘛老师走进大殿，念经声一下子就高昂整齐起来，和中国中小学生上自习课朗读差不多，老师在与不在，课堂完全是两个世界。再严肃的佛教教义，也挡不住孩子们天真好奇的天性和对于外部世界的渴望。

不丹大部分的宗和拉康，除了敬拜佛陀之外，主要敬拜的是莲花生大士。莲花生大士是印度出生的佛教高僧，8世纪因吐蕃第五代赞普赤松德赞的邀请，到藏地传教，奠定了藏传佛教的基础，也是西藏红教的主要奠基人。莲花生大士后来又到尼泊尔和不丹等地传教，留下了大量有关他的传说。著名的虎穴寺，就是根据莲花生大士骑着一匹飞虎从西藏来到此地降妖伏魔的传说而建造的。由于莲花生大士在不丹人心里的特殊地位，很多庙把他当作主要偶像来敬拜，和佛陀平起平坐，因为他被认为是佛陀的转世。

除了大庙外，有几个有意思的小庙也可以去看一看。位于普那卡的切米拉康，敬拜的是一个由人转为神的偶像，叫朱卡库拉（Drukpa Kunley），他相当于不丹人的爱神，行为疯疯癫癫，以性交的方式传播佛教，一生御女几千人，女人争相和他发生关系。他不被当作淫棍，反而升格为神，这可能和不丹人对于生殖的崇拜有关。

另外一个在帕罗的拉康叫祈楚寺（Kyichu Lhakhang)，是不丹最古老的寺庙之一，建于7世纪。传说这座寺庙是松赞干布所建，当时松赞干布在为文成公主带来的佛像建了大昭寺之后，为了镇压藏区女妖，一天之内建了108座寺庙，其中在不丹境内建了两座，就是位于帕罗的祈楚寺和位于布姆塘的简贝寺（Jampey Lhakhang）。但祈楚寺之所以更值得去看，是因为不丹著名的活佛顶果钦哲仁波切在这里修行了很多年，并在这里圆寂。仁波切是藏语，实际上就是活佛的意思。

顶果钦哲仁波切的《你可以更慈悲》，在中国也颇为流行。他有一些话语流传甚广，比如“佛子，如同草上将熄灭的火一般，涅槃并非是最殊胜者。你应该为了众生的利益而留在轮回中，来完成对众生的广大利益”“心碎了无声，这世上最累的事情,莫过于眼睁睁看着自己的心碎了,还得自己动手把它粘起来”“心犹如相续的河流，假如你无法运用你的修持来把握它的每个当下，你做的持咒，观想，念诵，禅修，乃至谈吐高超的见地，显现高超的行为，这些都是在浪费时间”等。这些话语特别有人间烟火气，但又远远超越了人间烟火。他是一位慈祥智慧的老人，看他的照片，立刻就觉得他是一个可以亲近，并且让人愿意聆听他教诲的大师，他于1991年圆寂。到祈楚寺去，能够看到他打坐过的座位，以及他简陋的起居室和非常小的一张床。在小小的大殿里莲花生大师塑像的边上，还有弟子为他请来的一个等身真容铜像。对这样一位把自己一辈子的智慧和时间，都用在为人们灵魂得救而努力的，为人们幸福而不断传法的大师，我毫不犹豫地下跪三拜。

正是有了像顶果钦哲仁波切这样的大师存在，不丹人民对于以慈悲为核心的佛教信仰才会更加坚定。人们也在坚信佛教的过程中体会到了佛教给大家带来的实实在在的好处。到今天为止，依然有很多家庭把自己的孩子从小送到寺庙里去当喇嘛，或者送到佛学院去学习。过去，人们这样做也许是生活所迫；现在，好像更多的是因为信仰，相信一路虔诚，慈悲善良，今生和来世都会过得更好。

朝拜虎穴寺

如果在不丹只让你选择朝拜一个寺庙，这个寺庙毫无疑问是虎穴寺。

虎穴寺建在相对高度接近1000米的悬崖峭壁上，从山脚爬到虎穴寺相当于爬2/3的泰山或者1/2的华山。但它的海拔高度接近3000米，因此比华山和泰山都要高。

把寺庙建在悬崖峭壁上，对于中国人来说并不陌生。让人们通过虔诚的努力才能达到庙里或者山顶，考验人们在艰难的爬山过程中坚定的信念，在人们筋疲力尽到达目的地后给人巨大的成就感和满足感，让人们远离人世喧哗达到心灵的清净，是这一设计的主要意图。在中国儒释道三教中，因为儒教是入世的，所以孔庙都建在热闹的地方，通常还在城市中心。今天在大部分城市，已经难觅孔庙的踪影。在城市，建设容易，摧毁更加容易。但道教和佛教都尽量把道观和寺庙建在难以抵达的不方便之地，位于最壮观也最艰险的山头。泰山、华山、黄山、天柱山、青城山、九华山、五台山之所以在历史上这么有名，除了由于自然风景秀美之外，还因为能够让游客在到达山顶之后拜拜天地、拜拜玉皇大帝或者释迦牟尼，在祈福的同时给自己带来一份心灵的安宁，这才是人们来到这些地方的重要目的。因为过程艰难，所以记忆永恒。

可惜这种感觉，今天大部分的中国人已经找不到了。中国人一切从功利出发的特质，把这些名山的神秘性和艰险性都给消灭了，也把大部分人需要经过艰苦努力到达山顶的难忘体验给剥夺了。每一座山，不是公路修到山顶，就是缆车建到山顶。大家买张票，十几分钟到达山顶，在山头转一转，庙里走一走，照几张照片，掉头下山，在朋友圈里发几张照片，表明自己已经到此一游。朝拜一座名山的过程，比逛个大街还要容易。本来需要付出两三天的努力才能爬上大山，瞬间就完成，但因此丢失的是完整的心灵体验和精神升华。大部分中国人都在寻找方便之门，不愿为这种体验再付出任何努力。在如此方便的上山朝拜中，我们得到的和失去的相比，简直就是捡到了玻璃，丢掉了钻石的感觉。

我不愿意被这种方便所诱惑，所以给自己定了一个规矩，除非是实在特殊的情况，否则任何一座山，都得自己用双脚爬上去。这种爬上去的过程，甚至比登上山头本身还要重要。从山脚到山头，每一步都算数，每一步都是自己心力的证明，自己虔诚的证明，自己愿意付出全力以赴的努力的证明。想想古代那些虔诚的信徒，是如何手脚并用地爬上山顶，跪拜在神灵们面前的，这是一种力量。今天我们可以不跪拜神灵，但拥有这种力量和信念，意义更加重大。我不光自己爬，也鼓励孩子和我一起爬，把这种历经艰辛、终登绝顶的精神和信念传递下去。

这次来到不丹，虎穴寺成了我的必去之地。不是为这个有名的寺庙本身而去，而是为这个寺庙体现的一种精神。该寺庙本来是悬崖峭壁中的一个山洞，山洞外有一块突出的平台，这个平台后来就成为建造虎穴寺的基础。山洞据传是莲花生大士骑着飞虎到这里来镇妖和修行的地方，这个地方因此自古就一直被当作神圣之地来朝拜。15世纪初，信徒们在山崖上开始修寺庙，从此成为信徒云集的朝拜之地。寺庙建在狭隘的平台上，上面是壁立千仞的悬崖峭壁，下面则是万丈深渊，中间坐落着白墙红窗金顶的虎穴寺，那种突兀的神圣、美丽和庄严，难以用语言形容。古代的时候，道路运输能力很差，要把这么多建筑材料从山脚运送到千米之上的工地，是一件难于上青天的事情。但信仰的力量是无穷大的，寺庙在信徒们的努力下就这样建起来了，已经耸立在山崖上达500年。其间有过几次火灾，最近一次在1996年，大火几乎把寺庙烧了个精光。但重建工作很快启动，老百姓自发组织把建筑材料运送上山，美丽的虎穴寺恢复原样，金光灿灿地坐落在悬崖上，注视千年岁月，继续接受朝拜者虔诚的供养。

很多中国人到了这里，抬头一看高悬半山的虎穴寺，就会说：不丹人真笨，从山脚造一个缆车到那里，是多么容易的一件事情啊，还能省下游客们的时间和精力，还能多挣钱。不丹人真的笨吗？不是，在他们心里，有比挣钱更加重要的东西。曾经有欧洲的缆车公司提出，愿意免费为虎穴寺安装世界上最高级的缆车，但被不丹国王一口拒绝。国王说：凡是想上虎穴寺的人，必须抱着一颗虔诚的心。如果他们的心足够虔诚，他们一定能够爬上去并且得到圆满和喜悦。缆车对于去朝拜心中的神的不丹人，是不可接受的。非常感谢国王的远见，今天你来到虎穴寺，如果想要一睹它的真容，依然必须一步一个脚印地爬上去，有的地方甚至需要手脚并用，来显示你的虔诚。

以最快的速度从山脚下爬到虎穴寺，也要2个小时，体力一般的人需要3个小时左右，在虎穴寺里面参观1个小时左右，再从虎穴寺走下山，需要2个小时，总共加起来需要5～6个小时。在虎穴寺的山脚下，当地老百姓养着一些骡马，可以把那些爬山实在困难的人送上一程，但也只能到一半。剩下的一半路程，游客依然只有用自己的双脚才能够爬上去。我沿路仔细观察了一下，其实骡马是可以走到虎穴寺对面的，之所以没有让骡马走全程，一定是故意设计的，就是为了让游客体会攀登的艰难，体现自己的虔诚，并获得自己付出努力之后的喜悦和圆满。

上虎穴寺的路，大部分都是林间土坡，没有修成整齐的台阶，可能是因为骡马也要走这样的路，保留坡道是为了让骡马运送人和物资方便。在泰山没有缆车的时候，把物资送上山顶的唯一运力就是泰山挑夫，他们变成了中国坚韧和忍耐的象征。今天泰山挑夫已经消失了，随之消失的是一种文化，一种说不出的遗憾。在虎穴寺，我没有看到有人挑着东西上山，但有骡马驮着煤气罐等上山，系在马脖子上的铃声悠悠，把人带回某种亘古不变的情愫里，在那里，时空失去了一切的意义。

关于火车的想象力

在瑞士，我发现了火车的几种用途，令我开眼之余，更感叹于瑞士对于火车充满想象力的使用。

火车一般都必须在相对平坦的地面行驶，爬山并不是火车的特长。20世纪初的时候，詹天佑通过人字形铁轨，在30千米之内通过双火车头牵引，把火车运上了海拔1000多米的八达岭，当时被认为是中国铁路工程的一个大创举。这次在瑞士，我真正见识到了铁路使用的全新思路。

瑞士的城市与城市之间，大多有铁路相连，和周边其他国家和地区也有铁路相通，这样的常规铁路，就算穿山打洞也不算稀奇了。毕竟中国也是多山地区，我们为了铁路穿山打洞的能力，尤其在今天，一点都不输给瑞士。

但瑞士对于铁路的创造性应用，却是让我开了眼界。当我们从因特拉肯小镇前往采尔马特（Zermatt）小镇时，司机告诉我们要翻越一座大山，实际就是少女峰的余脉。但我们不用翻山，我们把车开上火车，火车就把我们从隧道带过山去了。我们沿着瑞士223号公路往山里开，公路尽头有一条铁路隧道，贯通大山两边，连接两边的公路。汽车开到平板火车上，一辆一辆前后排列，火车车厢可以装上百辆汽车。然后，火车就把汽车运到山的另一边。隧道长20千米，全部通过大概需要20分钟，但要是驾驶汽车从山路上翻山越岭过来，就需要接近2个小时。我把这种方式叫作火车摆渡，就像渡轮摆渡一样，特别方便，节约时间又省事。这种做法已经持续了近百年，作为一项传统保留了下来。其实现在隧道技术那么成熟，要打一条汽车隧道是很容易的事情。但保留这种传统的方法确实很有意思，唯一的不足是，火车只能运送小汽车，卡车就只能绕路了。

瑞士的登山火车也是世界有名的，很多滑雪场和观赏雪山的地方都有登山火车。这种登山火车是在19世纪末发明的，建造铁轨时，在铁轨中间加铺一条齿轨，这条齿轨上的齿轮和火车上的齿轮对应，两边咬合后就可以开始爬山了。其爬山坡度能够达到30度左右。少女峰的爬坡火车最有名，可以从山脚爬升到海拔3454米的高度，爬升距离只有短短的十几千米，爬升高度却达到了2500米。

我们到了另一个小镇采尔马特。这个小镇因为阿尔卑斯山最美丽的山峰马特洪峰而著名，也是世界著名的滑雪胜地。从小镇坐卡齿火车，可以在雪地里上升到3000多米的高度，如果在晴天，四周壮丽的山峰一览无余。如果去滑雪，可以从山顶不停歇接近10千米，一直滑到山脚小镇，那是一种非常爽快的体验。

除了齿轨登山火车，我们到了采尔马特，发现还有另外一种火车，就是采尔马特专门为滑雪者准备的山洞钢缆火车。为了不破坏地表景观和小镇环境，滑雪公司专门在山里面打了一个坡度接近40度的山洞，该山洞从山肚子里面直通山顶，在山肚子里面爬高1000米。火车在铁轨上由巨型钢缆牵引，速度极快，滑雪者站在火车中，一会儿就能够到山顶。一出山洞，就是堪称完美的滑雪场，四周景色优美，晴天的时候，可以看到千山万壑飞来眼底，令人心旷神怡。

瑞士人为了上山，也是想尽办法，对火车的利用可谓是极尽所能。但也正是因为这样，瑞士才成为世界上翻山越岭和登山观景最方便的地方。全世界越来越多的人能够见识到瑞士的美丽和魅力，这和瑞士人不遗余力打通大山阻隔、贯通东西南北的能力有着密切的联系。艰苦的环境，反而让瑞士这个小国散发出了非凡的气度和光芒。

奢侈品背后的人性

如果要在满大街找一个最容易让人辨识并且觉得有身份的标识，毫无疑问LV（路易威登）一定是最亮眼的标识之一。提到LV，大家最容易想到的三个字是“奢侈品”。我本人对奢侈品并不是特别感兴趣，身上用的奢侈品也很少，那为什么要提到LV呢?

之所以要提到LV，是因为我在巴黎带着中国企业家论坛代表队，参观了路易·威登（Louis Vuitton）的故居。任何一个成功的品牌背后必然都有着动人的故事，我希望去探寻品牌背后活生生的人，这些人是品牌发展和辉煌的根本原因。

这一天的巴黎，下着初冬的雨。尽管巴黎的纬度很高，和中国的哈尔滨差不多，但受海洋性气候影响，巴黎冬暖夏凉，即使到了

12月初也不是很冷，很多树上还挂着色彩斑斓的树叶。领队和我说去路易威登博物馆的时候，我上网搜了一下，结果出来了一个巨大的船帆形状的建筑，后来才知道那是路易威登基金会艺术博物馆，不是我们要去的地方。我们要去的是路易·威登的故居纪念馆。路易·威登的故居到巴黎市中心有一段距离，尽管也在塞纳河边上，但塞纳河在巴黎优雅地转了一个大“S”形的弯，巴黎市中心在S弯的“肚子”下方，故居所在的区域阿斯涅尔河畔（Asnieres-sur-Seine）在S弯的上方。巴黎的交通拥堵而繁忙，街道狭窄的居多，我们沿着塞纳河边的道路走走停停，终于在倒时差的昏昏欲睡中，到达了位于路易斯路18号（18 Rue Luois Vuition）的路易·威登故居。路也是以路易·威登命名的，一个人出了名，和他相关的一切就都有特殊的纪念意义了。

沿着一条不宽的街道走进去200米，右边有一道小铁门，推开铁门进去就是路易·威登故居。法国的时尚品牌大多数是以人名命名的，不像中国一定要起一个听起来特别有内涵的名字。路易·威登是一个人，年轻的时候从农村到巴黎来当学徒，为出门的贵族装箱打包。他服务的对象刚好是拿破仑三世（Napol é on Ⅲ）的老婆欧仁妮皇后（Eug é nie de Montijo），由于打包技术精湛，深得皇后欢心。到1854年，在皇后的资助下，路易·威登自己开始开店做旅行箱，没有想到竟一举取得了巨大成功。他住的地方和做箱子的地方都在这个故居。进入故居，可以看到一座很漂亮的花园（应该是后来打理出来的）， 一栋不大但看上去挺温馨的两层小楼，室内的家居布置很普通。工作人员解释说，最初的房子就是现在的一半大，上下两层加起来不到100平方米，后半段是他的儿子乔治·威登（George Vuitton）加上去的。这样一个驰名后世的大品牌，就是在这样一间小屋里诞生的。这再次印证了，所有的大事一开始都是从微不足道的小事和小人物身上开始的。

法国人最初出去旅行，箱子的形状是圆形雨伞状的，中间高，四面低。后来有了铁路和汽船，人们走的地方越来越远，带的东西越来越多，箱子不能垒起来，占据了太多的空间。路易·威登最先造出了长方形的平顶箱子，可以垒在一起。箱子都是用木头做的，容易互相磕碰，他又在箱子外表蒙上了一层帆布，这样就显得更好看，也更结实。再后来他就在箱子里面分格，每个格里都可以放不同的物件，能最大限度地利用箱子里面的空间。根据实际需要，箱子又被分成各种形状和大小，既美观又实用。大家都以为LV是做包的，但实际上是做箱子起家的。到今天，LV的产品中很大一部分都是定制各种昂贵的箱子，由手工做成。现在的箱子已经蒙上了昂贵的鳄鱼皮或者小牛皮，上面印满LV的标识，显得更高贵了。我们参观了故居后面的工作间，只见一个个工匠和路易·威登当初一样，用勤劳的双手制作着一个个定制的箱子和皮包。

成功是有原因的，路易·威登的成功有几个必不可少的因素：一是他做事非常耐心认真，在最初为人打包行李的时候，他的打包手艺就广为赞赏。二是他做事非常专注，开始做箱子后，他唯一做的事情就是反复琢磨如何把箱子做得更好，不仅考虑美观性，而且考虑实用性，用现在的话说就是具备完美的工匠精神。三是他会根据客户的需求不断创新，上面我提到的箱子的不断变化，都是他不断观察和思考的结果。不要小看这些行为，按照现在的说法，就是洞察了客户的痛点，为客户提供了最佳解决方案。四是他并没有一心想着扩张，不像现在的人，恨不得三天就做出一个上市公司。路易·威登的一生就是勤勤恳恳做箱子的一生，直到做出了遗产，做出了精神。

在创始之后的100年之内，LV一直都不算是一个大品牌，尽管后来增加了做包包的生意，但在1970年之前，LV在法国就只有两家店。路易·威登的儿子乔治·威登也是个实在人，继承父业，一辈子做箱子。他最主要的成果就是确定了LV叠加的那个标识，这个标识现在是全世界最被人们所熟悉的标识之一，品牌的价值已经连城。在1970年之前，他们的家族成员用工匠精神代代相传，但实际上业务并没有扩大多少，尤其中间经历两次世界大战，发展曾经受到了限制。

LV业务扩大的转机是由于两个机缘：一是更换了掌门人。这个时期的掌门人换成了威登家族的女婿亨利·雷卡米尔（Henry Racamier）。一群相同的人，常常会形成互相制约的思维模式，很难突破。但外面来的人常常会带来新的思维，创造第二发展曲线。雷卡米尔也算是威登家族的人，但因为是女婿，带来了“外脑”。他上来就做了两件大事：扩展和并购。二是当时的日本陷入了对欧洲奢侈品疯狂消费的状态，可以说有多少买多少。雷卡米尔看准了机会，废除了代理制，在日本开设直营店。结果LV一年之内在日本的销量就达到了全球总销量的40%左右。到今天，LV遍布全球的几百家直营店，就是这样产生的。当然，继日本之后，中国经济崛起，中国人和日本人一样，又变成了奢侈品消费的最大国度，为欧洲的奢侈品扩大生产提供了源源不断的资金。雷卡米尔做的第二件事情是收购，他们今天的集团叫LVMH，就是来自雷卡米尔对于酩悦（Moet）和轩尼诗（Hennessy）的并购。酩悦和轩尼诗是法国最著名的美酒品牌，和箱子一点关系都没有。但这个收购就这样发生了，从此LV跨上了新的发展道路。

现在的LVMH，名下有50多个著名品牌。所以你用的很多欧洲名牌，一不小心就有可能是LVMH旗下的品牌。比如著名的迪奥（Dior），现在就隶属于LVMH。那这段发展历程是怎样来的呢？来自雷卡米尔把现在的LVMH董事长伯纳德·阿诺特（Bernard Arnault）引入LV的故事。雷卡米尔觉得自己不擅长管理并购，就把阿诺特引进了LV，这是很有名的“引狼入室”的故事。阿诺特是个有狼子野心的人，一来就通过各种手段，获得了LV40%以上的控股权，直接就把雷卡米尔赶出了公司。从此威登家族对于LV失去了控制权，黯然离场。今天的LV，和威登家族的关系不是很大，不像爱马仕（Hermès），50%以上还是爱马仕家族控股。阿诺特是在并购和管理方面特别有能力的人，他目光敏锐地施展拳脚，左右突围，用了不长的时间就把几十家著名品牌收到了LVMH旗下，形成了公司跨地域、跨行业的大发展。今天的LV，只是LVMH旗下的一个全资子公司而已。

从LV的故事可以看出来，LV的发展呈现了三级跳跃：一级是从0到1，创始人和家族奠定了品牌名声和发展的基础；二是从1到10，家族中间的外脑雷卡米尔实现了增量式发展，将眼光从欧洲延伸到了东方；第三级是从10到n，入室之狼阿诺特不按常理出牌，直接拿走了LVMH这个公司，作为一个并购工具，吃了几十个品牌组成集团军。因为阿诺特对于LV没有太多的情感因素，所以杀伐决断雷厉风行，不拖泥带水，巩固了LVMH在奢侈品领域全球第一的地位。

一部品牌的发展史，就是一个家族发展的历史，也是世界经济发展的历史，也是商业发展的历史。世界已经充分地连接在了一起。如果没有20世纪70年代的日本经济崛起，80年代的中国经济崛起，就没有欧洲奢侈品商业如此兴旺发达的今天。全球的商品贸易，带来的是繁荣的全球。真心希望人类能够摆脱政治和宗教的各种偏见，你好我好大家好，在吃吃喝喝、买买买的历程中，创造人类更长久的美好岁月。